秋しぐれ

北風侍 寒九郎 8

森 詠

二見時代小説文庫

JN067553

秋しぐれ——北風侍《さむらい》 寒九郎 8

『秋しぐれ——北風侍《さむらい》 寒九郎8』の主な登場人物

北風《きたかぜ》(鹿取《かとり》)寒九郎《かんくろう》……祖父・谺仙之助《こだませんのすけ》、父・鹿取真之助《かとりしんのすけ》の夢を追うが、幕閣の暗闘に翻弄される。

早苗《さなえ》……田沼意知《おきとも》の用人に登用された武田作之助の妻。谺一族の寒九郎の叔母。

武田由比進《たけだゆいのしん》……父の不慮の死に伴い、将軍・家治《いえはる》の御側衆《おそばしゅう》に抜擢された勘九郎の従兄弟《いとこ》。

吉住大吾郎《よしずみだいごろう》……武田家の若党頭《がしら》、吉住敬之助《けいのすけ》の倅。由比之進、寒九郎とは固い友情で結ばれる。

幸《ゆき》……敬之助の娘。寒九郎と心を通わせるも、大奥に上がり御上《おかみ》の子を身籠って……。

安日皇子《あびおうじ》……大和《ヤマト》朝廷と闘った安日彦《あびひこ》の子孫。祖先の志を継ぎアラハバキ皇国再興を図る。

レラ姫《ひめ》……アラハバキの安日皇子《あびおうじ》の美しい娘。寒九郎と将来を誓う間柄となる。

田沼意次《たぬまおきつぐ》……老中として辣腕を振るう中、反田沼派との暗闘が激しさを増し息子・意知《おきとも》を失う。

松平定信《まつだいらさだのぶ》……老中田沼意次の政に異を唱え、真っ向から対抗する幕閣の急先鋒。

八田媛《やたひめ》……谺仙之助に斃《たお》された土雲亜門《つちぐもあもん》の一人娘。父亡き後、女郎蜘蛛《ぐも》組を率いる。

大道寺為丞《だいどうじためすけ》……定信に近づき利を得んと企む津軽藩江戸家老。次席家老・大道寺為秀の弟。

鳥越信之介《とりごえしんのすけ》……田沼意次の秘命を受け、勘九郎と力を合わせる。

江上剛介《えがみごうすけ》……鏡新明智流免許皆伝の若侍。定信の秘命を受け勘九郎、安日皇子を追う。

権兵衛《ごんべえ》……折に触れ寒九郎の夢枕に立ち語りかける大男。名無しの権兵衛と呼ぶ。

木村陣左衛門《きむらじんざえもん》……大目付・松平貞親の配下の目付。

第一章　暗殺の嵐

一

僧侶たちの読経《どきょう》が流れていた。

北風寒九郎《きたかぜかんくろう》こと鹿取《かとり》寒九郎は、座敷に並んで横たわっている武田作之介《たけださくのすけ》と吉住敬之助《よしずみけいのすけ》の遺体の傍《かたわ》らに正座し、叔母早苗《さなえ》とともに、弔問客《ちょうもんきゃく》たちの一人ひとりに頭を下げていた。

叔母早苗は憔悴しきった顔だったが、それでも毅然《きぜん》として気丈に葬儀を差配していた。

姑《しゅうとめ》の将子《まさこ》は、数珠《じゅず》を手にしたまま、すっかり元気をなくして、遺体の側《そば》に座り込んでいた。

喪主となった武田家長男の武田由比進《ゆいのしん》は、家の主然として、二人の遺体の前に正座し、朝から訪れる弔問客の応対に追われていた。

すっかり少年らしくなった元次郎《げんじろう》が口を結び、兄の由比進と一緒に客たちに頭を下げていた。

由比進の傍らには、吉住敬之助の嫡子大吾郎《だいごろう》が喪主として控え、由比進とともに弔問客に応対している。大吾郎の後ろでは、母のおくにがやつれた顔で、励ましの声をかけてくる知人たちに御礼をいっていた。

まだお幸《ゆき》の姿はない。

寒九郎はお幸の面影《おもかげ》を心の中で思い浮かべた。

大吾郎から聞かされた話は衝撃だった。

お幸に御上《おかみ》の手がついた。寒九郎、申し訳ない。兄として、妹の不始末、なんと、おぬしにお詫びをしたものか。お幸も必死に御上から逃れようとしたが、果たせなかった。おぬしを思い、お幸は自刃《じじん》してお詫びしようと申していた。だが、懐剣《かいけん》も何もかも取り上げられ、二六時中《にろくじちゅう》、御女中たちに見張られて、自裁《じさい》も出来ずにいる。

寒九郎、申し訳ない。お幸を許してほしい。

大吾郎は寒九郎の前に平伏して謝罪した。傍らの由比進は、何もいわず、腕組みをしてじっと目を閉じていた。

寒九郎は、あまりのことに、呆然としていた。お幸を手込めにした御上に、猛然と腹を立てた。さらに、手込めにされたとしても御上を受け入れたお幸にも腹が立った。

だが、すぐに己れにお幸を責める資格があるのか、という思いが湧き上がった。

己れこそ、ツガルの地で、お幸を裏切ってレラ姫に思いを寄せたではないか？　嬉々《きき》としてレラ姫を抱いたではないか？　そんな自分にお幸を、御上を責めることが出来るというのか？　御上も、きっとお幸を心から愛しているのではないか。

お幸は御上の側女《そばめ》となった方が、己れと結ばれるよりも、はるかに幸せになれるのではないか？　お幸は、いまは武家奉公人の吉住敬之助の娘ではなく、武田作之介の養女となり、直参旗本の娘として、奥に上がっている。お幸の身分格式は、津軽《つがる》藩藩士鹿取家の嫡子で、事実上、その藩から追放されている己れよりも、はるかな高位になっている。

いまの己れは、たとえお幸と結ばれても、彼女を本当に幸せに出来るのか？　むしろ、己れは身を引き、お幸の真の幸せを祝うのが筋というものではないのか？

己れこそ、嫌がるお幸を無理遣り奥に上げ、いまの事態を生じさせた責任があるのではないのか？　己れこそ、お幸をしっかりと摑まえて離さずにいたなら、こんなことにはならなかった。お幸に謝るべきは、己れではないのか？

初詣の夜、日枝《ひえ》神社の境内から、お幸の手を握り、息急《せ》き切って走ったことや、夏の夜、大川《おおかわ》の堤で、打ち上がる花火を寄り添って一緒に見上げた思い出がとりとめもなく押し寄せて来た。

「寒九郎さま、きっときっと迎えに来て。幸は、それまで待っています」

お幸の心細そうな声が耳に残っていた。

あのお幸をおれは無慈悲にも奥に上がらせてしまった。奥に上げて行儀見習いなんぞ、させなくてもよかったのだ。それが、そもそもの始まりだった。なんてことをしてしまったというのか？　いまとなっては、悔やんでも悔やみきれない。

清楚《せいそ》で愛らしいお幸の面影が脳裏に浮かび上がった。奥でたったひとり、心細い思いで、自分のことを思い、それを頼りに生きていたお幸。そのお幸を裏切ってしまったのは、己れだった。

寒九郎は、しばらくの間、悔恨《かいこん》と思い出、レラとお幸への思慕など千々《ちぢ》に乱れる思いに我を忘れて立ち竦《すく》んでいた。

「寒九郎、もういいだろう？　その辺で。大吾郎が、こんなに土下座して謝っているんだ。大吾郎のこと、許してやれ」

　由比進の声に寒九郎ははっと我に返った。

　大吾郎は平伏したまま、額を畳にすりつけていた。

「あい済まぬ、寒九郎。お幸のことは、兄のおれの責任だ。お幸の代わりに、おれをなんとでもしてくれ」

「大吾郎、やめてくれ。それがしこそが悪いのだ。手を上げてくれ」

　寒九郎は大吾郎の軀《からだ》を起こした。

「お幸のこと、許してくれるか？」

「許すも許さぬもない。お幸という許婚《いいなずけ》がおりながら、それがしは、ツガルで女子《おなご》に惚《ほ》れて、契《ちぎ》りを結んだ」

「なにい」

　大吾郎は目を剝《む》いた。血走った目に怒りの光が走った。

「そうなのだ。お幸どのを先に裏切ったのはそれがしの方だ。江戸に上がって真っ先にお幸どのに謝ろうと、それがしは思っていた」

「貴様が、いつかお幸と結ばれ、おれの義弟になると思い、これまで……」

「申し訳ない。それがしには、おぬしの義弟になる資格はない。それがしは、ツガルに将来を誓った女子が出来た」

大吾郎は怒りを抑えながら訊いた。

「なんという名の女子だ？」

「レラ姫。アラハバキ族の皇女だ」

「貴様、その女子がお幸よりも好きだというのか？」

「正直にいう。それがし、お幸もレラ姫も、どちらも好きだ。比較なんぞ出来ない」

「この下種《げす》野郎ッ」

大吾郎は右手を振り上げた。寒九郎は殴られると思った。歯を食いしばり、目を瞑《つむ》った。

いきなり激しい平手打ちが寒九郎の左頬を襲った。寒九郎は揺らぐ軀《からだ》をしっかりと脚で支えた。左の頬がかっと熱くなった。

「お幸は、おまえだけを信じていたんだぞ」

「済まない」

「お幸は貴様のために死のうとしたんだぞ。そのお幸を裏切るとはなんだ」

今度は右の頬をビンタが襲った。右頬がさらに熱くなった。痛みよりも悲しみが疼《うず》いた。

「お幸が可哀相《かわいそう》だと思わないのか」

大吾郎の声が詰まった。寒九郎は目を瞑ったまま覚悟をした。妹思いの大吾郎に、この場で殺されても、仕方がない。

「おれのこと、懲《こ》らしめてくれ」

沈黙が辺りを包んだ。大吾郎の動きが止まった。殴ろうという気配もない。

「大吾郎、おまえも、そのくらいで寒九郎を許してやれ」

由比進が大吾郎を慰める声が聞こえた。

寒九郎は静かに目を開けた。目の前に座った大吾郎は肩を震わせ、両頬に涙を流していた。

寒九郎も泣きたくなった。己れ自身が情けなかった。己れの運命を呪った。死にたくなった。

襖《ふすま》が音もなく開いた。叔母の早苗が座っていた。

「寒九郎、大吾郎さん、いまのお話を聞きました。お幸を奥に上げたのは、私です。すべては、私が悪いのです。お幸に善《よ》かれと思い、寒九郎と添わせたいと思ってのことでした。でも、それが、こんな結果になるとは、思いもよりませんでした。寒九郎、大吾郎さん、御免なさい。おくにさんにも、申し訳ありません。許してください」

早苗は深々と頭を下げた。

「奥様、そんなことをおっしゃらないでくださいませ。お幸を出したのは私です。私も悪かったのです」

後ろに控えたおくにが早苗にいった。

由比進が胸に組んでいた腕を解《ほど》いた。

「起こってしまったことは、もはや致し方のないこと。いまさら嘆いても、何をいっても変わるものではない。母上もおくに殿も、それに寒九郎も大吾郎も、まず現実を受け入れ、これからどうしたらいいかを考えよう。もし、父上、作之介が生きていたら、そういうと思う」

由比進の言葉に、寒九郎は首肯《しゅこう》した。

ともかく、葬儀には、きっとお幸は駆け付ける。その時に、寒九郎はお幸に謝ろうと決心した。

廊下に大勢の足音が立った。

「老中田沼意次《たぬまおきつぐ》様がお越しになられました」

若侍の告げる声が聞こえた。

寒九郎は物思いを振り払った。

「御老中様、御出《おい》でいただき、ありがとうございます」

喪主の由比進の声が響いた。

寒九郎は平伏し、田沼意次たちを迎えた。

僧侶たちの読経が途切れなく続いている。

田沼意次は由比進の案内で作之介の遺体の前に正座し、合掌《がっしょう》した。深々と頭を下げ、寡婦《かふ》となった早苗に慰めの言葉をかけた。

由比進は、大吾郎とおくにを紹介した。田沼意次は如才《じょさい》なく、お悔やみをいった。

「こちらに控えおりまする者が、それがしの従弟《いとこ》、鹿取寒九郎にございます」

由比進が田沼意次に紹介する声が聞こえた。

目の前に田沼意次の白い足袋《たび》があった。

「そうか。おぬしが鹿取寒九郎か。面《おもて》を上げよ」

寒九郎は頭を上げた。田沼意次の丸顔が上から寒九郎を覗き込んでいた。

「お初にお目にかかります。鹿取寒九郎にございます」

「おお、男前じゃのう。それにいい面構《つらがま》えをしておる」

「…………」

寒九郎は応えようもなく黙っていた。

「おぬし、アラハバキの勇者《ゆうしゃ》の血を引いておるそうだのう」

「はい」

「安日皇子《あびおうじ》の娘風姫《レラ》の婿になると聞いたが」

「よく御存知で」

「うむ。わしは安日皇子のアラハバキ皇国《こうこく》を支援するつもりだ。安日皇子と手を携《たずさ》え、北の魯西亜《ロシア》国と交易を進める。これは、おぬしたちの御父上たち、武田作之介殿、鹿取真之助《しんのすけ》殿の御遺志でもあるぞ。由比進はもちろん、おぬしにも、ぜひ、手伝ってほしいと思うておる」

「はい」

田沼意次は寒九郎の父鹿取真之助のことも知っているということか。

「おぬしたちは、あやつらのために、あいついで御父上を亡くした。わしは息子の意《お》知《とも》を失ったが、これでやめるわけにいかない。二人とも、よろしく頼むぞ」

寒九郎は由比進と顔を見合わせた。

あやつらとは、おそらく松平定信《まつだいらさだのぶ》、松平貞親《さだちか》たち守旧派たちのことを指すのであろう。

「由比進、追って報《しら》せるが、おぬしに武田家の家督《かとく》を継がせ、さらに千石を加増して、わしの側用人《そばようにん》に取り立てるつもりだ」

「畏《おそ》れ多いことにございます」

「さらに、鹿取寒九郎、おぬしにも千石を与え、直参旗本に取り立てて、由比進とともに御上にお目通りさせよう。いいな」

「…………」

寒九郎は応えなかった。お幸に手をつけた御上に頭を下げたくなかった。御上に会ったら、それこそ、己れは何をしでかすか分からない。

「寒九郎、なにか不満気な顔だな。うれしくないのか？」

「はい。御上には……」

由比進が手で寒九郎を制した。それ以上、いうな、と目がいっていた。

「寒九郎は、戸惑っております。まだ本当のこととは思えず」

「うむ。だが、ここに眠っている武田作之介殿へのわしの誓いだ。わしが生きている限り、約束を違《たが》えることはない。それに、寒九郎、レラ姫は安日皇子の娘だぞ。おぬしは津軽藩士《つがるはんし》とはいえ、追われて扶持《ふち》なしの素浪人《すろうにん》の身分だ。格が違う。せめて千石取りの旗本でなければ、レラ姫と一緒になっても、一生尻の下に敷かれるだけだ」

「…………」

寒九郎は黙っていた。

由比進が寒九郎に代わっていった。

「この場で、そのようなお話は畏れ多いものがあります。後ほど、落ち着いた折にも、あらためて」

「うむ。さようだのう」

田沼意次は鷹揚《おうよう》にうなずいた。

側衆《そばしゅう》の一人が近付き、田沼に何事かを耳打ちした。

「うむ。分かった。引き揚げよう。では、寒九郎、またな」

田沼は寒九郎にうなずき、由比進とそそくさと玄関に引き揚げて行った。寒九郎は見送りにも出ず、大吾郎と顔を見合わせた。

「寒九郎、それがしも二百石の御家人《ごけにん》に取り立てるという話をされた。さすが、田沼様だ。気配りが凄い」

「それで、大吾郎、御家人になるのか？」

「有り難いことだがお断わりした。それがしは武田家の奉公人で満足している。由比進が、いや由比進様が武田家の主となったら、それがしは父上のように若党《わかとう》としてお務めいたす。それでいい」

大吾郎はにんまりと笑った。

玄関先が慌ただしくなった。門番、中間《ちゅうげん》たちが急いで玄関先を片付けている。やがて、女中のおさきが飛んで来て、由比進と早苗、おくにに告げた。

「葵《あおい》の御紋《ごもん》を付けた行列が参ったそうです」

由比進は寒九郎、大吾郎に目配せした。

「来たか」

大吾郎はうなずいた。寒九郎は、お幸が来たのだ、と悟った。

数人の供侍《ともざむらい》が玄関に入り、警護を固めた。

玄関先に煌《きら》びやかな女乗物の駕籠が下ろされた。御女中たちが、駕籠に付き添っている。

「……お幸様のお成《な》りにございまする」

御女中の一人が大声で叫んだ。駕籠の引き戸と屋根が開けられた。中から喪服に身を包んだ女性が姿を現した。

式台《しきだい》に並んだ若侍が一斉に平伏した。御女中たちが頭を下げる。

供侍に先導されて、喪服の女御《にょうご》が御女中に手を引かれて、静々《しずしず》と邸内に入って来た。

由比進、早苗、おくにが頭を下げた。供侍が座敷に入りながら、小声で「頭《ず》が高い」と寒九郎や大吾郎に注意した。

寒九郎は平伏し、女御を迎えた。女御の体付きから、お幸に違いないと思った。胸がいっぱいになった。目の前を小さな足の白足袋がすり足で通って行く。

お幸、と何度も心の中で呟いていた。

顔を上げると、喪服姿のお幸が真っ先に母親のおくにの許《もと》に駆け寄り、抱きついていた。

供侍や御女中たちは止めもせず、後ろに引き下った。

母と娘は声を上げて泣いていた。

寒九郎はお幸の肩の震えに胸が詰まった。

おくには娘のお幸を父親吉住敬之助の遺体に促した。顔に被《かぶ》せてあった白布を外した。お幸はよよと遺体に縋《すが》って泣き崩れていた。

母のおくには優しくお幸の背を撫でていた。

寒九郎は己れがお幸の背を撫でて慰めたかった。だが、軀が動かなかった。己れには、そんなことをする資格はない。

お幸は泣き止むとおくにに促され、隣の作之介の遺体にお別れの挨拶をした。そこでも早苗と抱き合い、お幸は泣き崩れた。

由比進がお幸に他人行儀に挨拶し、弔問《ちょうもん》の御礼をいった。お幸は手拭きで涙を押さえ、お悔やみの言葉をかけた。由比進は恐縮して頭を下げた。

再び、お幸はおくににじり寄り、何事かを告げた。

「ほんとに？」

おくには驚きの声を上げた。

「お幸様、お戻りの時刻でございます」

供侍と御女中たちがお幸を囲んだ。お幸は帰るのを嫌がっている様子で駄々を捏《こ》ねていた。

「このままここに残ります」

お幸は真直ぐに寒九郎を見つめていた。

「いえ。御上がお許しになりません」

御女中たちは必死にお幸を連れ帰ろうとしていた。

「……もう一人だけ、ご恩のある御方にご挨拶をします」

お幸は御女中たちから袖を振り払い、真直ぐに寒九郎の前に歩み寄った。寒九郎は平伏した。白足袋の爪先だけが目に入った。

「寒九郎さま、お顔を見とうございます」

寒九郎は顔を上げた。

「お幸様、お久しぶりにございます」

お幸の白く化粧した顔があった。顔は涙でくしゃくしゃになっていた。だが、たしかにお幸の愛らしい顔に相違なかった。

「寒九郎さま、お久しうございます」

涙声になっていた。寒九郎は、断腸の思いでいった。

「お幸様、それがしは、あなたを裏切り、他に好きな女子が出来ました。申し訳ありません」

「……寒九郎さまも」

「それがし、今日は、お幸様にお別れの言葉を申し上げねばなりません。お幸様とのご婚約を解消させていただきます」

お幸の顔が哀しげに歪《ゆが》んだ。

「ツガルで契《ちぎ》った女子との約束です。どうか、それがしのことはお忘れになり、御上の許で幸せになってください」

「寒九郎さま。私こそ、御免なさい。寒九郎さまとの約束が守れなくて」

お幸は言葉を詰まらせた。御女中たちが、頃合を見て、お幸の両腕を取った。

「さあ、お幸様、御駕籠に御戻りくださいませ」

「寒九郎さま」

寒九郎はお幸の目から顔を背《そむ》けて平伏した。

「お幸様、くれぐれもお幸せになられることをお祈りしております」

「お腹のやや子に障《さわ》ります。どうか御駕籠に御戻りください」

御女中の、お腹のやや子に障ります、という声を聞いて、寒九郎ははっとしてお幸の下腹を見た。お腹は目立たないが、いくぶんか軀がぽっちゃりとふくよかになっている。

お幸は御女中たちに抗《あらが》っていた。

「嫌じゃ。寒九郎さま、いま一度、お幸を……」

「お幸様、ぜひに御戻りくだされ」

供侍が御女中に替わり、強引にお幸の軀を運びはじめた。

「お幸、軀をくれぐれも大事にして」

おくにが叫ぶようにいった。

「寒九郎さま……」

お幸の哀しげな声が響いた。

寒九郎は平伏したまま、お幸が供侍と御女中たちに無理に連れ去られるのをじっと我慢して見送った。

やがて、駕籠に乗り込む気配がし、行列が静々と門の外に出て行った。

寒九郎は行列が門外に消えるのを、平伏したまま見送った。

お幸はお腹に御上のやや子を孕《はら》んでいる？

そうだったのか。

心の中で寒九郎はお幸に謝った。すべて、己れが悪いのだ。

二

夜はしんしんと更けていく。田安《たやす》家の屋敷の書院の間《ま》は、蠟燭《ろうそく》の明かりが揺らめき、当家の主人を中心にして、密談が始まっていた。

女の忍びは、右足に手傷を負い、出血していた。大腿部を被《おお》う包帯は、蠟燭の明かりの中で黒々と濡れていた。忍びは痛さを堪えて松平定信に報告した。

「由比進、寒九郎、大吾郎の謀議《ぼうぎ》、この耳でしっかりと聞き取りました」

「うむ。して由比進はなんと申しておったのか？」

「それが由々《ゆゆ》しきことを申しておりました」

「申せ。遠慮せずともいい」

「田沼意知暗殺の陰に、津軽藩江戸家老大道寺為丞《だいどうじためすけ》、幕府大目付松平貞親殿、そして、さらにその背後に松平定信殿がいる。松平定信殿と松平貞親殿の二人がすべての陰謀《いんぼう》の元凶《げんきょう》である、と」

「ははは。図星《ずぼし》だな。それでなんと申しておった？」

松平定信は笑った。

「いつか、そやつらを討つ。手始めに津軽藩江戸家老大道寺為丞を討つ、松平定信殿の走狗《そうく》を討つ、と申しておりました」

大道寺為丞は、女忍びの言葉を聞き、大声で笑った。

「なにを若造の分際で、拙者《せっしゃ》を討つだと、よういったな。いつでも来いだ。返り討ちにしてくれようぞ」

「一の蜘蛛《くも》、ご苦労だった、下がっていいぞ。二の蜘蛛、手当てをしてやれ」

薄暗い物陰に座った八田媛《やたひめ》が低い声で指示を出した。一の蜘蛛は二の蜘蛛の肩を借り、足を忍ばせて廊下に消えた。

八田媛は、土蜘蛛一族の頭《かしら》、土雲亜門《つちぐもあもん》の娘である。土雲亜門亡き後、女郎蜘蛛《じょろうぐも》組の頭《かしら》として土蜘蛛一族を率いている。

大目付の松平貞親が笑いながらいった。

「八田媛、報告はそれだけか？」

「寒九郎の弱みであるお幸の所在が分かりました。お幸は武田家の奉公人若党頭吉住敬之助の娘でしたが、武田作之介の養女となり、奥へ行儀見習いで上がっておりました」

「うむ。それで」

「今般、義父武田作之介と、実父吉住敬之助が討たれ、その葬儀にお幸が弔問客として訪ねておりました。それも、驚いたことに、葵《あおい》の御紋を付けた女乗物の駕籠の行列を作って乗り付けていました」

「旗本の弔問に、たとえ、奥御殿の御女中でも、そのような葵の紋を付けた女乗物は使うまい？」

松平定信は訝《いぶか》った。八田媛はひんやりとした声でいった。

「御上の手がついたということではございませぬか？　御上の御寵愛《ごちょうあい》を受けた側女

ならば、ありうること」

松平定信は顔をしかめた。

「それにしても、御寵愛を受けた側女でも、行列を仕立ててということはあるまい。それは特別の扱いの側女だ。おそらく側室《そくしつ》に迎えた女子だからではないか？」

「それから、お幸の体付きから見て、お腹にやや子がいると思われます」

「なに、赤ん坊を孕んでおるというのか？　何ヵ月ほどか？」

「おそらく、まだ三月《みつき》ほどかと」

「ううむ。それにしても、御上の正室は、男の子を産んでおらぬ。もし、そのお幸が本当に御上のやや子を孕んでおり、男の子を産んだら……」

「えらいことになりますな」

松平貞親は松平定信の顔を見た。松平定信は唸った。

「田沼意次の息がかかった武田作之介の養女だ。作之介亡き後、跡取りの由比進が、もし田沼意次に取り込まれるようなことがあったら、御上のお世継《よつぎ》の争いが起こる」

「殿、いかがいたしましょう？」

「ともあれ、まだ生まれるまでには、半年以上はかかるだろう。八田媛、お幸の動静を探り、監視しておけ」

「分かりました。御意《ぎょい》のままに」

八田媛はうなずいた。

どこかでフクロウの鳴く声が聞こえた。

松平定信が耳を傾けている間に、八田媛の姿は影のように消えていた。

三

江戸城中奥《なかおく》。

家治《いえはる》の書院は人払いされ、静まり返っていた。将軍家治と老中田沼意次の二人しかいない。

「公方《くぼう》様、ご機嫌よろしうございまするか」

老中田沼意次は、将軍家治の前に平伏して機嫌を伺った。

「意次、余は少しもよろしうないぞ」

家治は脇息《きょうそく》に寄り掛かり、憮然《ぶぜん》とした面持《おもも》ちで答えた。

家治の機嫌が悪いのは、意次も重々承知していた。意次とて家治以上に、このところあいついで起こった思わぬ事態に、激しく衝撃を受け、誰よりも気落ちしていた。

だが、老中として、己れの失意や落胆《らくたん》を他人《ひと》に見せるわけにはいかない。

「意次、いったい、何が起こっておるのだ？」

家治は意次に尋ねた。

家治が危惧《きぐ》していることは分かっている。

意次が若年寄に昇任させた、息子の意知があろうことか殿中《でんちゅう》において、近侍《きんじ》の佐《さ》野某《のなにがし》に襲われ、瀕死《ひんし》の重傷を負わされ、結局手当ての甲斐《かい》もなく死亡した。ついで田沼意知の側用人に起用していた武田作之介が下城の途中、刺客《しかく》たちに襲われて暗殺された。

「公方様やそれがしの政《まつりごと》を好ましく思わぬ輩《やから》たちの策謀《さくぼう》でございます」

「余に反発しておるのは、松平定信か？」

「さようにございます」

「困ったやつだな。定信の狙いは何なのだ？」

「公方様や、それがしが推し進める政を旧《ふる》い政に戻そうということにございます」

「定信は頭が旧いな。安日皇子たちに蝦夷地《えぞち》を開拓させて、農地を増やす。安日皇子たちのアラハバキ皇国は、幕府の下の新たな藩と思えばいいではないか。安日皇子の安東《あんどう》水軍の船を使って魯西亜国との交易を行ない、貿易の利益を上げる。その代わり、安東水軍に北の守りを担わせる。一石二鳥、いや一石三鳥ではないか。それが分からぬのかのう」

「公方様のおっしゃる通りなのですが、どうも、定信一派は分かっておりませぬ。あいかわらず、財政赤字は米の増産で乗り切れる、と考えています。ですが、米は増産されれば、価格が下がり、結局は赤字解消にはなりません。いまの時代、米の増産よりも、商いの拡大により利益を上げることが大事です。利益が上がれば、税収が増え、幕府の財政は赤字が減り、早晩黒字になります。米の増産には開拓地を増やすのが一番ですが、これには限度があります。しかし、商いには限度がありません。我が国の国内だけでなく、異国との商いを広げれば、さらに利益は上がります。その利益を幕府の財政に取り込めば、たちまち財政は健全化されます。発想の転換をしなければならないのですが、定信の一派は、幕府財政は質素倹約《しっそけんやく》によって乗り切れると思い込んでいます。しかし、幕府が人々に質素倹約を強制すれば、困るのは民です。民が困《こん》窮《きゅう》すれば、結果、世の中の治安は乱れ、幕府の政が悪いとなり、幕藩体制の屋台骨《やたいぼね》が揺らぐことになるのです」

田沼意次は、話しながらため息をついた。

家治との間でなら出来る話も、定信一派には通じない。むしろ、彼らは反発して、意次や家治の足を引っ張ることばかりに専念している。

いまのところ、将軍家治の支持があるので、田沼意次が老中たちの多くを味方に付けているが、いつ何時《なんどき》、老中幕閣たちが反田沼になるか分からない。定信が裏から手を伸ばし、ひそかに幕閣たちに反田沼工作を行なっているからだ。

「意次、頼みの綱の安日皇子殿は、どうなさっておられるかのう」

「先日、安日皇子様は安東水軍を率いて、十三湊《とさみなと》にお戻りになられたとのことです。これより、十三湊に政庁を造られ、本格的な国造りをなさるおつもりです」

「ならば、いいが。まさか定信一派が邪魔立てをすることはないか？」

「それが恐ろしいのです。安日皇子様は、腕が立つ者が護衛しているとのことですが、安心は出来ません。これまでも、定信一派は何人も刺客を送りましたからな」

意次は、そういいながら、安日皇子と協議するために派遣する全権大使を誰にしようかと、思い悩んでいた。

息子の若年寄田沼意知は、自らツガルに行くといっていたが、定信一派の陰謀で暗殺されてしまった。

急遽《きゆうきよ》、意知の側用人だった武田作之介を全権大使に選んだが、武田作之介もまた刺客たちに襲われて暗殺された。

意次は、定信たちの陰謀、策謀が容易ならざるものだと思いはじめた。今後は、御上の家治の命も狙われるのではないか？　そのため、ツガルに派遣してあった剣客の鳥越信之介《とりごえしんのすけ》を急遽呼び戻した。今後は家治の身辺を警護させよう、と考えてのことだった。

「ところで、意次。亡くなった武田作之介には、息子がおったな」

「はい。武田由比進にございます」

「かなり腕が立つ男と聞いたが」

「はい。私も由比進の腕を見込んで、息子意知の警護を務めさせておりました。残念ながら、城中で近侍に意知が襲われた時、由比進は大小を小姓たちに取り上げられていたため応戦が出来なかった。由比進は本気で悔しがっておりました」

「意次、作之介の代わりに由比進を取り立ててやってくれ。余からの願いだ」

「公方様、ご安心を。由比進には武田作之介の家督を継がせ、さらに千石を加増して、二千三百石の旗本として公方様の御側衆に昇任させるつもりです」

「さようか。それはいい」

家治は満足気にうなずいた。

「公方様、お幸の方への配慮でございましょう？」

意次は遠慮がちにいった。

「うむ。幸は最近つわりがひどくてな。義父の武田作之介が亡くなったと聞いた後、気の病になり、家に帰りたいと毎日泣いておるのだ。母上や兄上に会いたい、とな」

「さようでございますか。お幸様が、男子をご懐妊《かいにん》なさっているといいのですが」

家治は正室倫子《ともこ》との間に娘二人を儲けている。男子はいない。そのため、側室を娶《めと》り、待望の男の子を授かった。家治は後継として、息子に家基《いえもと》と名付けて、吉宗《よしむね》から受けた帝王学を家基に教え込んでいた。だが、家基は成人になるとまもなく病で急逝《きゅうせい》した。

後継を失って悲嘆にくれていた家治が新しく目をかけたのが、大奥に上がって行儀見習いをしていた武田幸であった。

幸は武田家の養女だったが、初々《ういうい》しく、何事にも、慎み深く、素直な上に、おっとりした性格の娘だった。家治は一目見て、幸が気に入った。一つには、家治の実母の名が、幸《こう》だったことから、家治は同じ字の幸に親しみを覚え、何かの因縁《いんねん》だと感じたのだった。

堅物《かたぶつ》で知られる家治が、後継の家基を失った後、二度と側室を置くつもりはないと見られていただけに、幸に一目惚れしたというのは、意次にとっては朗報だった。

お世継さえ出来れば、実子に家治の後を継がせ、幼少の間は田沼意次が後見人となって政を執ることが出来る。それに意次にとって好都合だと思ったのは、お幸が武田作之介の養女だと分かった時だった。意次としては己れが仕組んだことではないのに、武田幸が家治の寵愛を受けるだけでなく、子を孕んだ。これは天が味方をしてくれているのだ、と意次は確信した。きっと生まれて来る子は男の子に違いない、とも思った。

「意次、余も先日夢枕に母上が立ち、幸のお腹の子は男子だという夢を見た」

「それはそれはめでたいこと。きっと正夢《まさゆめ》でござろう」

「余もそう思う。それもあって、お幸を側室に召し上げようと思った。側女のまま子を産ませては、可哀相だろう」

「公方様、それがしも、早速にお幸様を側室になさるがよかろう、と思います」

意次はふと考えた。

「それはおめでたいことなのですが、好事魔多《こうじまおお》し、と申します。公方様にお世継の男子が出来ることを喜ばぬ者がいるか、と」

「また定信か？」

「お世継の問題となりますと、定信一派だけではなく、御三家、御三卿、それぞれの思惑があり、邪魔をしにやって来るかと思われます。しばらくはお幸様を、どこかにお隠しになり、密かにお産させた方がよかろうか、と思います」

「うむ。どこに預けよう？」

「それがしに心当たりが」

意次は腕組みをして思案した。

定信一派の細作《さいさく》は、きっと大奥にも、家治の近侍のなかにもいるに違いない。あるいは近しい者のなかにも、知らぬ顔をして、情報を定信に流す者もいるかも知れない。

「公方様、隠れ屋敷については、それがしにお任せください。かならず、誰にも悟られぬ館《やかた》を探して参ります。大丈夫でございます」

「うむ。意次、よろしう頼むぞ」

家治はほっと安堵《あんど》の顔をした。意次は、大丈夫とはいったものの、すぐには答が浮かばなかった。

四

ツガル追《お》い浜《はま》に荒波が打ち寄せていた。やや風も出て来ていた。雲の流れが速い。

午後には、雨雲がやって来るかも知れない。

灘仁衛門《なだじんえもん》は、浜の岩の上に立ち、紺青《こんじょう》の海原を眺めていた。

南東の山から海に吹き下ろすような強い春の風だ。沖合を白い帆いっぱいに風を受けた北前船《きたまえぶね》が南下して行く。船には海産物の荷が満載されている。陸奥《むつ》から浪速《なにわ》に運ぶ千石船《せんごくぶね》だった。

灘仁衛門は西の空に向かい、合掌《がっしょう》して、育ての親の大道寺次郎佐衛門《だいどうじじろうざえもん》の冥福を祈った。併せてナダ村の焼き討ちから、己れの命を救ってくれたことに感謝の言葉を並べた。

もし、あの時、大道寺次郎佐衛門に救われなかったら、灘仁衛門は生き別れした母親や兄弟姉妹に再会することはなかったろう。

仁衛門は、寒九郎との立合いをやめ、大道寺次郎佐衛門の呪縛《じゅばく》から解《と》いてくれた鳥越信之介にも感謝の言葉を述べた。

十二湖村《じゅうにこむら》で寒九郎を待ち伏せしていた仁衛門を鳥越信之介は必死に引き止め、あまつさえ、ナダ村焼き討ち事件の真相を津軽藩の郡《こおり》奉行だった古老から聞き出してくれた。それによると、ナダ村焼き討ちの下手人《げしゅにん》たちは、津軽藩卍組《まんじ》の赤目、青目たちで、寒九郎の父親である鹿取真之助ではない、ということだった。

仁衛門は大道寺次郎佐衛門に、寒九郎がナダ村焼き討ち事件の首謀者鹿取真之助の血筋の者と聞かされ、根絶やしされた灘一族の一人として、寒九郎に復讐するところだった。

それだけでなく、鳥越信之介は灘仁衛門の家族は皆殺しにされておらず、両親兄弟姉妹とも囚《とら》われ、ツガルのエミシが大勢住む追い浜村に移住されたことも突き止めてくれた。

さらに公儀隠密の半蔵《はんぞう》から、大道寺次郎佐衛門が亡くなったことを知らされ、その遺言も聞くことが出来た。遺言は、寒九郎を討てという命令を取り消すというものだった。

かくして、仁衛門は愛妻香奈《かな》とともに船に乗り、両親家族たちが移住したという追い浜に上陸し、生きていた母親と兄弟姉妹と再会することが出来た。

老齢の父親は、すでに他界していたが、老母は殺されたとばかり思っていた仁衛門と、生きて再会出来るとは思っていなかったので、大男の仁衛門に取りすがっておいおいと泣き崩れた。兄二人、姉妹三人も健在で、仁衛門はみんなから温かく迎え入れられた。

とりわけ、香奈はお腹のやや子とともに、すぐさま灘一族の一員として受け入れられた。

エミシ村の人たちも二人を大歓迎した。さっそくに村の若者たちが、森から木々を切り出し、六、七日もかからずに、村の一角《いっかく》に頑丈《がんじょう》な丸太小屋を建ててくれたので、仁衛門と香奈はすぐ住めるようになった。

仁衛門は、これまでひとりぼっちで生きてきたので、いつも孤独を抱えていたが、いまは幸せだった。香奈という愛妻と一緒であり、母や兄弟姉妹も近くに住んでいる。村人たちも親切で優しい。

仁衛門は、自分だけ、こんなに幸せになっていいのだろうか、と半信半疑の思いだった。思うにつけ、鳥越信之介には感謝するばかりだった。鳥越信之介が現われなかったら、いまの自分はいない。

おそらく、同じエミシの血を引く寒九郎と、無意味な立合いをし、討ち果たされていたのではないか？　香奈のお腹のやや子は、自分がいない世界に生まれ、父《てて》なし子になっていたところだ。

重ね重ねも、鳥越信之介のお陰だ、と仁衛門は思うのだった。

「仁衛門！　ちと話がある」

背後から男の声がかかった。振り向くと、隣の大岩の上に、杖《つえ》をついた老村長《むらおさ》のホロケウが立って風に吹かれていた。

ホロケウ村長は、かつてツガル半島のエミシの族長《ぞくちょう》だった。ホロケウはエミシ語でオオカミを意味している。

ホロケウは、若いころオオカミのように強く、エミシの一族を率いて、ツガル藩兵と何度も戦い、負けたことがない、という伝説の戦士だった。ホロケウはエミシの安日皇子が説得するまで、誰にも帰順することがなかった。

「はい。ただいま参ります」

仁衛門はひらりと大岩に飛び移り、大岩の頂《いただき》に登った。

「おぬしは、アラハバキであろう?」

「もちろんでござる」

ホロケウ村長は満足そうにうなずいた。

「おぬしの父ナダは、わしの宿敵だった。同じエミシだったが、ナダは十二湖の長《おさ》、わしはツガル半島の長として、十三湊を挟んで、対立しておった」

「そうでしたか」

「いまは昔の話だ。互いに戦って、強くなった。だから、ナダがこの村に送られて来たのも運命みたいなものだと思った。ナダは気の毒な死に方だった。おぬし、母様から聞いたか？」

「いえ。母は、この村で、みんなに見取られて死んだとしか教えてくれません」

「真実を話そう。おぬしの父ナダは、ここに逃げて来た時、手の施《ほどこ》しようもない、瀕《ひん》死《し》の大火傷《おおやけど》を負っていた。いつ死んでも仕方がない状態だった」

「そうでござったか」

仁衛門は父の死に様を想像し、うな垂れた。

「実は、ナダは死に際に、わしに言い残したことがあるのだ。それをおぬしに伝えたい」

「遺言でございますな？」

「ナダは、おぬしが生きているのを知っていた。瀕死のナダは、焼き討ちされた村をいったんは家族や村人たちを連れて脱出したのだが、己れ一人だけでおぬしを隠した洞穴《どうくつ》に助けに戻ったのだ」

仁衛門は、夜、紅蓮《ぐれん》の炎を上げて燃える村を思い出した。村人たちが逃げ惑う阿鼻《あび》叫喚《きょうかん》の光景は、いまも夢に見る。

「村に戻ったナダは、まだ残っていた敵方と斬り合いになり、彼らと戦ううちに火中に取り残された。ナダはその時に大火傷を負ったのだ。ナダは必死に炎の中から脱出し、近くの湖に飛び込んで生き延びた。火を逃れて湖には飛び込んだものの、溺れたり、火傷や斬り傷のため息絶えた死体がごろごろしていたそうだ。辛《かろ》うじて生きていた村人たちは、襲撃者たちの槍や弓矢で止《とど》めを刺された。ナダは湖の中ほどまで泳ぎ、なんとか難を逃れた。そして、見たのだ」

「何を見たと？」

「襲撃者たちが去った後、サムライが一人現われ、洞穴からおぬしを背負って出て来るのを。そして、ナダが湖の中から声をかける間もなく、サムライはおぬしを馬の背に乗せ、闇に消えた。ナダは、その時、すでに息絶え絶えになっていた。助けに戻った家族たちに助けられ、気を失った。だが、おぬしは助かった。それも江戸の役人に助けられたと分かったのだ。その役人が誰かは分からなかったが、きっとおまえは和《わ》人《じん》の手で育てられ、生き延びるだろう、と思ったそうだ」

「そうでしたか。でも、生きていると分かったのに、なぜ、父上は、私を捜そうとしなかったのですかね」

「もうまもなく、自分は死ぬと分かっていたからだ。母や兄姉妹に、その話をしなかったのは、話せば、二人の兄たちは、きっとおぬしを捜しに江戸に上《のぼ》るであろう。老いた母や姉妹を残して。そうなるとナダが死んだ後、家族はばらばらになりかねない。

ナダは家長として、それは避けたかった。それでおぬしは死んだことにして黙っていたのだ」

「そうでしたか」

「それで、ナダは死ぬ間際にわしに言い残したのだ。もし、おぬしが生きて、自分や家族たちを訪ねて来たら、自分は火傷を負い、思うように軀が動かず、おぬしを助けに行けず、済まぬ、と。そして、我らアラハバキは、なんとしても生き延び、安日皇子の許《もと》に馳《は》せ参じて、アラハバキ皇国を創ってほしい、と」

「父上は、そういって亡くなったのですか」

「そうだ。それが遺言だ。それから、これがお父上の形見《かたみ》のマキリだ。おぬしが生きて帰って来たら、これを渡してほしい、といっていた」

ホロケウ村長は腰の帯に差していた一振りのマキリを抜き、仁衛門に手渡した。鞘に立派な螺鈿《らでん》の飾りを付けたマキリだった。仁衛門は、マキリを手に取り、柄《つか》を握って抜き放った。一閃《いっせん》して刃が光を放った。

「それは十二湖のアラハバキ族長の印だ。ナダは、おぬしがきっと生きて訪ねてくると信じていた。ナダは三人の息子たちの中で、末っ子のおぬしを長として育てようとしていた。そのマキリが、おぬしが十二湖のアラハバキを率いる証《あかし》になる」

仁衛門は、二人の兄を思った。長兄は頭は切れるが軀が弱く、たしかに一族を率いる長に向いていない。次兄は、粗野で乱暴者で、力は強いが、やはり長としての器ではない。

父上は、稚いころから、三人の兄弟の素質を見極めていたというのか。

「仁衛門、おぬしは、立派なアラハバキ族の戦士だ。そのことを忘れるな」

「はいッ」

仁衛門はマキリの鋼《はがね》の刃を懐紙で拭い、螺鈿で飾られた鞘《さや》に納めた。

「村長様、いま安日皇子様は、どちらにおられるのでしょうか？」

「安日皇子様は、先日までこちらの村にお泊まりになり、船で十三湊へ移られた。いまは、十三湊をアラハバキ皇国の首都とするため、幕府と交渉しようとしている」

仁衛門は顔をしかめた。

「幕府は一筋縄《ひとすじなわ》でいかぬ相手でござる。交渉相手が誰かは分かりませんが、安日皇子様は果たして思惑通りに、すんなりとうまくことを進めることが出来るかどうか、心配でござる」

ホロケウ村長はうなずいた。

「どうだ、仁衛門。おぬし、早速《さっそく》にも十三湊に出掛け、安日皇子様の国創りのお手伝

「安日皇子様のお手伝いでございますか？　安日皇子様は初対面のそれがしを信用してくださるのでしょうか？　それがし、一時は、安日皇子様の信頼が篤《あつ》い鹿取寒九郎の命を付け狙った身にござる。いまは間違いだったと改心《かいしん》しておりますが、果たして、そんなそれがしを信用してくださるかどうか」

ホロケウ村長は大口を開けて笑った。

「安日皇子様は度量の大きな皇子様だ。心から悔い、安日皇子様に会ってみるがいい。それで、おぬしが信用されなかったら、諦めて引き揚げればよし。ともかくも安日皇子様に面会し、この人ならついて行けると思ったらついて行けばよし」

ホロケウ村長はぽんと仁衛門の肩を叩いた。

「わしが、安日皇子様には手紙を書こう。おぬしが信頼出来るアラハバキの戦士であると保障しよう。いま安日皇子様の身辺警護をしているのは、実は、わしの双子の息子たちだ」

「双子の兄弟剣士でござるか。ご兄弟のお名前はなんと申される？」

「辰寅《たつとら》兄弟と称しておる。辰之臣《たつのしん》と寅之臣《とらのしん》だ。辰之臣は北辰一刀流《ほくしんいっとうりゅう》免許皆伝、寅之臣は柳生新陰流《やぎゅうしんかげりゅう》免許皆伝だ。二人ともアラハバキだが、江戸に上り、剣術を修行した。江戸のこともよく知っている。江戸で育った仁衛門も、きっと二人と話が合うはずだ」

「分かりました。それがしも、父上の遺言を守り、安日皇子様にご挨拶に行きます。ただ、お願いがひとつあります」

「何かね？」

「身重《みおも》の妻香奈のことです。連れて行くのは、心配です」

「うむ。心配するな。おぬしの香奈さんは、灘一族とともに、我々がお守りする。安心して安日皇子様に会いに行くがいい」

ホロケウ村長は大きくうなずいた。

「ありがとうございます。それを聞いて、ともあれ、安日皇子様にお目にかかろうと思います」

仁衛門は目をきらめかせ、ホロケウ村長に深々と頭を下げた。

五

鳥越信之介が馬を乗り継ぎ、江戸に帰ったのは、日がとっぷりと沈んだ夕刻だった。

鳥越は江戸市中に馬を走らせ、田沼意次の屋敷に駆け付けた。門番は門扉《もんぴ》を閉めていたが、鳥越の大音声《だいおんじょう》の訪《おとな》いに、すぐに門扉を開き、邸内に鳥越の馬を招き入れた。

鳥越は馬上から飛び降り、馬を門番に預けて、玄関先に走り込んだ。

門番頭が慌てて、田沼意次の側用人に鳥越信之介の名前を告げた。側用人は鳥越のことを知っており、直《ただ》ちに鳥越を控えの間に上げさせ、しばし待てといった。

公儀隠密平蔵から、田沼意次の息子の若年寄田沼意知が殿中で近侍に斬り付けられて、亡くなったと聞いた。だが、田沼家の屋敷は、意知死去の衝撃も収まり、異様に静まり返っていた。

鳥越信之介は、江戸で大変な事態が起こっていると思い、それなりの覚悟をして、田沼邸に駆け付けたのだったが、何事もなかったかのような静かな様子に拍子抜けしていた。

「鳥越様、ご案内いたします」

小坊主が鳥越を呼びに来た。小坊主は先に立って歩き、鳥越を書院の間《ま》に案内した。

鳥越は、旅装のまま、書院の間に入り、床の間を背にした主人の座の前に正座して待った。

やがて、廊下の方で人の歩く気配がした。鳥越は平伏して、田沼意次を迎えた。

「鳥越信之介、大儀《たいぎ》であったな」

「ただいま、ツガルより急ぎ帰りました。汚れた旅装のままでお訪ねしたことをお許しください」

鳥越は顔を上げた。意次は、一年前に見た時よりもやつれ、十歳ほど年を取ったように見えた。

「半蔵より聞きました。この度は、ご子息意知様が不慮《ふりょ》の死を遂げられたとのこと。まことにご愁傷《しゅうしょう》様にございます。御葬儀にも駆け付けることが出来ず、申し訳ありませぬ」

「信之介、意知は不慮の死を遂げたのではない。暗殺されたのだ。それも計画的に行なわれた謀殺《ぼうさつ》だ」

「下手人は？」

「近侍の佐野某なる旗本の小倅《こせがれ》だ。佐野某が惚《ほ》れた女を倅の意知が寝取ったと思い込まされ、犯行に及んだ。公儀隠密に調べさせたところ、佐野某にあらぬ偽情報を吹き込んだのは、大目付松平貞親の側衆の供侍長尾《ながお》某だった。長尾と佐野は、道場の先輩後輩の仲だった。長尾も松平貞親から偽情報を吹き込まれたことが分かっている。さらに佐野某を誑《たら》し込んだ女も何者かが分かった」

「女は何者だったのですか？」

「土蜘蛛一族の女郎蜘蛛の一人だと分かった」

「女郎蜘蛛でござるか？」

「うむ。ツガル・アラハバキ族の安日皇子から疎《うと》まれ、反旗を翻した陸奥《むつ》エミシの一族だ。土蜘蛛一族の頭《かしら》土雲亜門以下は、谺《こだま》仙之助《せんのすけ》や孫の鹿取寒九郎に壊滅《かいめつ》させられた。いまは亜門の娘八田媛が頭となって、女郎蜘蛛組や土蜘蛛一族の生き残りを率いている。その女郎蜘蛛のくノ一《いち》の一人が、佐野某を色仕掛けで籠絡《ろうらく》した。そのくノ一が倅《せがれ》の意知をも誘惑して懇《ねんご》ろになった。くノ一にいろいろ指示を出していたのが、女郎蜘蛛組の頭八田媛だった。八田媛は、松平定信邸や松平貞親邸に、しきりに出入りしていた。つまりは、佐野はいいように使われた身だ。背後に、松平定信と松平貞親、それに八田媛がいたと分かったのだ。彼ら三人に仕組まれた陰謀《いんぼう》工作だった」

「下手人の佐野を問い詰めて白状させせれば、背後の黒幕についての生き証人になりましょう？」

「意知が死ぬとすぐに、佐野も介錯された」

「ろくに調べもせずにですか？」

「そうだ。佐野を裁いたのは、大目付松平貞親の子分の目付木村陣佐衛門《きむらじんざえもん》だ。木村陣佐衛門は、意知が佐野に斬られるというのを止めもせず見ていた男だ」

「死人に口なしですな」

鳥越信之介は、思わず唸るようにいった。

「そうだ。意知は斬られ損で死んだ。可哀相な息子だった」

「まことにお気の毒様に思います。ほかにも、非常事態となる事件があったのですか？」

「意知の側用人だった武田作之介が下城途中で待ち伏せされ、短矢で射られて死んだ」

「なんと、武田作之介様といえば、由比進の父親ではないですか。寒九郎の叔父《おじ》にもあたる御仁《ごじん》ですね」

「そうだ。武田家をめぐっては、いま一つ心配事がある。それで、おぬしを急遽江戸に呼び戻したのだ」

「いかなことでございますか？」

「松平定信一派の次の狙いは、御上《おかみ》とわしだ」

「御上や田沼様のお命を狙うとは、言語道断でございますな」

「いや。あやつらの狙いは、御上のお世継を、彼らの息がかかった者にすることだ。

それによって家治様の治世《ちせい》を終わらせ、老中のわしを失脚させて、彼らが思う政にすることだ。彼らにとって、家治様と老中のわしが、除きたい目障《めざわ》りな存在だ」

これは、壮絶な権力争いだ、と鳥越信之介は思った。その権力争いに巻き込まれたら、己れの身が危なくなる。いったい、どうしたものか、と鳥越は考えた。

「そこで、おぬしにやってもらいたいことがある」

「どのようなことでございますか？」

鳥越は、どちらかというと田沼意次側に自分は近いとは思っているが、沈む船に一緒に乗りたくはない、と思った。

「御上の愛妾《あいしょう》を警護してほしい」

「家治様の愛妾の警護でございますか？」

鳥越は、意次の意外な依頼に、思わず拍子抜けし、目をぱちくりさせた。

「家治様はお世継だった家基様が急逝されてから、御子《おこ》に恵まれていない。正室との間の子はふたりとも娘。側室との間の子も娘。世継になる息子がおらぬ」

「さようでございますか」

「ところが、家治様には、最近、手をつけた奥女中がいた。その娘がやや子を孕んだ。家治様によれば、今度こそ、男の子だという。そういう予感がするとな」

「ふうむ」

「男の子か女子か、生まれてみなければ分からぬものだが、御上は家基様が生まれた時と同じ夢を見たというのだ。親の気持ちだ。分かってほしい。わしも意知が生まれた時、やはり、予感がした。願っていると、本当にそれが実現することがあるものだ」

　意次はため息をついた。殺された意知のことを思い出したのだ、と鳥越は思った。

「おぬしは知らぬと思うが、実は家治様は、先代や先々代と違い、正室以外の女子に手を付けることが少ない御方なのだ。だから、側室も側女も一人ずつしかいない。産ませた子も女子ばかり。家基様は側室に産ませた男子だが、ほかに男子はいない。かといって、家治様は実直でお堅い方で奥に行っても滅多《めった》に女子には手をつけない」

「ふうむ」

「ところが、ある日、出会った御女中に一目惚れした。それで無理やり床《とこ》入りをさせた。よほど御上は、その女子に惚れ込んだのだろう。毎晩のように奥に通い、とうとう、その御女中を懐妊させてしまった」

「ううむ。御無体な」

「おぬしも、女子に惚れたことがあろう？」

「はい。あるにはありますが、無理強《じ》いではありませぬ」

「鳥越、御上の身になってみろ。御上は何をするにも、誰かに見張られている。女子と二人きりになっても、襖越しに耳をそばだてている御局《おつぼね》や近侍がおる。御上は権力を持っているが、それは絶対のものではない。御上のいうことに、みなは一応服従するが、渋々とだったり、従う振りをしているだけということもある。御上は哀しい存在なのだ」

「それで、それがしに、誰を警護しろとおっしゃるのですか？」

鳥越は、いささか焦《じ》れったくなった。

「まあ、待て。御上は、わしにその女子を愛妾といったのだ。それくらい、御上は惚れ込んでいるというわけだ」

「その愛妾の御方は誰なのです？」

「武田作之介の養女となったお幸様という娘だ」

「ということは、由比進の義理の妹でござるな」

「そうだ。不思議な巡り合わせというものだ。いずれ、定信一派も武田作之介の義理の娘が、御上の子を産むと気付くだろう。もし、その子が男の子だったら、どうなる？」

「お世継になりますね」

「いまはまだやや子はお腹のなかで、男か女か分からない。だが、定信一派は、赤子が男か女か分からないうちにも、消しておくのが一番の安全策と考えるだろう。定信一派は、御上の愛妾お幸様のことを知ったら、必ず、手を出して来る。鳥越、おぬしに、お幸様を警護してほしいのだ」

「分かりました。しかし、お幸様は大奥におられるのでござろう？　それがしがお守りしようにも、大奥には男のそれがしは入れませぬが」

「近いうちに、お幸様は安産祈願のため、上野の寛永寺にお参りする。その折に、身代わりの奥女中とすり替わる手筈になっている。そこで、おぬしがお幸様を受け取り、密かに用意した隠れ屋敷にお連れするのだ」

「隠れ屋敷は、どこにあるのでござるか？」

「郊外だ。隅田川を船で遡った、上流の林の中に建てられた一軒家だ。そこへお幸様を連れて行ってほしい」

「承知しました。お連れした後は？」

「出産なさるまでの残り七ヵ月を、その隠れ屋敷で過ごさせる。目立たぬように、警護の侍も三人ぐらいに絞る。隠れ屋敷を知っているのは、御上とわし、それから護衛の近侍二人だ。おぬしに、その屋敷の警護の指揮を執ってほしいのだ」

「武田由比進は、隠れ家について知っているのですか?」

「教えてない。武田家の者は誰も知らない。知れば、きっと定信一派に漏れる。だから、身内の者も騙《だま》す。騙して漏れないようにするのだ。おぬしも、一度知ったら、警護から抜けられないと思え」

「ううむ」

鳥越は腕組みをし、考え込んだ。

「敵は多く、巧妙《こうみよう》だ。隠れ屋敷にお幸様が匿《かくま》われていると分かったら、大挙《たいきよ》して攻めて来るだろう。大勢で守りたくても、大勢になれば、きっと誰かから情報が漏れる。そうなったら、戦《いくさ》になる。戦にしないように、お幸様を守り、無事出産させるまでが勝負だ」

「そうでござるな」

「御上は、おぬしのことを高く評価している。打算では動かない男だとな。さらに、正しいことをやるのに躊躇《ちゆうちよ》はしない、ということもな」

「田沼様、それは買い被りというものでございます」

「鳥越、ここまで、おぬしに話した。おぬしの返答はどうだ? 引き受けるか、断るか。いまなら、まだ引き返すことが出来るぞ」

「少々、考えさせてください」

鳥越は目を閉じ、考え込んだ。さりげなく、あたりの気を探った。左右の襖の向こう側に大勢の侍たちが息をひそめていた。鳥越の返答次第では、襖が一斉に開けられ、侍たちが飛び込んでくる。斬り合いになるのは必定《ひつじょう》だった。

「田沼様、気に入りませんね。もし、それがしがお断わりしたら、それがしは滅多斬りにされるのでしょうな」

鳥越はじろりと田沼意次を見つめた。

「そうはしたくないが」

「そうなる場合、それがしは、真っ先に田沼様を斬り、死んでいただくことになります。それでもいいのですね」

鳥越は立ち膝になり、背後に置いた大刀の位置を意識した。

頭の中で想像した。一瞬にして小刀を抜き、意次様の喉元を斬り払う。ついで大刀に飛びついて鞘を払う。襲いかかって来る供侍の最初の一人に刀を突き入れる。

「ううむ。おぬしを信じておったのだが」

「田沼様、一言申し上げます。それがし、脅しをかけられて、仕事を引き受けることはありませぬ。それは、最初の最初、寒九郎を斬れと、それがしを試すために、いわれた時に申し上げたと思います。お試しになるのはおやめいただきたい、と。お答えしたように、脅しや報酬の額によって、言《げん》を左右にすることはありません。武士として、それは恥と思っております。ですから、大勢の刺客を控えさせるようなことをせずとも、それがしの答えは決まっております。お願いですから、襖の陰の者たちを退《ひ》かせてください。そうしたら、それがしも、正直にお答えいたします」

田沼の顔が綻《ほころ》んだ。

「鳥越信之介、おぬしには参った。おぬしは裏表がないのがいいな。分かった。退かせる」

田沼は大声でいった。

「みなの者、退け。退いてよろしい」

襖の向こう側でざわざわと人が引き揚げる気配がした。しばらくすると、人の気配がなくなった。

「鳥越、拙者も御上も、どうしても、おぬしにお幸様の警護を引き受けてほしいために、無理強いしようとしたのだ。許せ。申し訳なかった。水に流してくれ。この通りだ」

意次は鳥越の前に両手をついて頭を下げた。

鳥越信之介は、立ち膝を崩して正座に直した。

「田沼様、おやめください。分かっていただければ、いいのです。しかし、それがしでなくても、城中には、小姓《こしょう》組やら御納戸《おなんど》組などの腕が立つ者がいるのではないですか？」

「それがいないのだ。本当に頼ることが出来る侍が、身の回りにいないのだ。どこで、定信一派に情報が漏れるのか、分からない。それで、これまでのおぬしの態度を見てきて、お幸様をお守り出来るのは、おぬししかいない、となったのだ。どうだろう、引き受けてくれぬか？」

「お幸様の警護、引き受けさせていただきます」

鳥越は背筋を伸ばして答えた。田沼意次の顔がほっと安堵の表情になった。

鳥越は意次の顔を見、素早く考えをまとめた。

これからも、定信一派と田沼派の抗争は続くだろう。己れは田沼意次の手先になるつもりは毛頭《もうとう》ない。田沼派に加わることも御免蒙《ごめんこうむ》る。かといって、定信一派に加担するつもりもない。どちらかというと、自分は攻められている田沼派贔屓《びいき》になっている。自分は正義だとは思っていないが、定信一派の正義派態度は鼻につく。田沼意次の自由な発想の方が自分の考えに近い。

何より、鳥越は御上が惚れ込んだお幸という娘に興味を覚えた。中国には傾城傾国《けいせいけいこく》と呼ばれるような美女がいたという。お幸は、その傾城傾国なのだろうか？

鳥越は腕組みをしながら、お幸はどのような娘なのか、と想像を逞《たくま》しくしていた。

六

宵闇《よいやみ》が十三湊の街を覆っていた。

通りの両脇には篝火《かがりび》が焚かれ、出店を明るく照らしていた。

通りの出店で買物をする女や男の客たちが大勢往来していた。

江上剛介《えがみごうすけ》は居酒屋で、手酌で酒を飲んでいた。開け放たれた戸口から、賑やかな人の往来が見える。

通りの雑踏の中から、尻《しり》っ端折《ぱしょ》りした小柄な小者が居酒屋に走り込んだ。岡っ引きの久作《きゅうさく》だった。久作は、卓を前にして酒を飲んでいる江上剛介に近付いた。

「野郎たち、二人揃ってやって来やした」

江上剛介はうなずき、居酒屋の卓に小銭を置いた。

「亭主、勘定」

台所から店の主人が現われ、卓の上の小銭を掻き集めた。久作の姿は、消えていた。

「毎度、ありがとうございやす。こんなにたくさんいただいては」

「徳利《とっくり》をもう一本頼む」

「へい」

それでも小銭が余分にあったので、店の主人はほくほく顔で台所に戻った。薬缶《やかん》に徳利を浸けた。

江上剛介は、その場で、手早く刀の下緒《さげお》を外し、肩に回して襷掛《たすきが》けをした。

店の中で飲んでいた荷揚げ人夫たちは江上剛介の様子を見て、怪訝《けげん》な顔をした。だが、何もいわなかった。

「へい、おまちどおさん」

剛介は店の主人が盆に載せて持って来た徳利を摑み上げた。徳利に口をつけて酒を含んだ。

大刀と小刀を鞘ごと腰の帯から引き抜いて卓の上に並べ、勢いよく刀の柄に酒を吹きつけた。

店の主人は呆気《あっけ》に取られて、剛介を見ていた。ほかの客たちも、これから何が起こるのか、と剛介を眺めていた。

剛介は大小を腰に戻し、懐手《ふところで》して、店の戸口から外に出た。

「ま、まいどあり」

店の主人の声が響いた。

剛介は通りの真ん中をゆったりと歩き出した。通りの向かいから、遊女たちを両脇に抱えた二人の男たちが、笑い合い、怒鳴り合いながらやって来る。篝火の赤い明かりに照らされて、赤い顔が赤鬼、青鬼のように揺らいでいる。

辰寅兄弟。顔色は違うが、双子の兄弟だ。

剛介は左右の男たちを見て確認した。

左側は辰之臣。右側は寅之臣。二人とも、両腕に遊女を一人ずつ抱えていた。

二人は腰に脇差しを差している。どちらも酒に酔っていて、足許が覚束《おぼつか》ない様子だった。

剛介は二人の間に割り込むように身を入れた。抱き抱えられた女が剛介の躯とぶつかり、嬌声《きようせい》を上げた。

「辰之臣、寅之臣、女たちを離せ」

剛介は二人に叫ぶようにいった。

「なんだと？」

「おい、おまえの女か？」

「やあねえ」

「こんなサムライ知らないわよ」

遊女たちはころころと笑った。

「おまえたち、邪魔だ。怪我するぞ」

「おい、なんだ、このサムライは？」

「俺たちに喧嘩を売ろうというのか？」

「おぬしたちを斬る」

辰之臣も寅之臣も、真顔になり女たちを突き放した。

女たちは悲鳴を上げて二人から離れた。辰之臣と寅之臣は、剛介を前後から挟んだ。

剛介は刀の柄に手を掛け、低く腰を落とした。

「なんだ？　こやつ」

寅之臣が脇差しの柄に手を添えて吠えた。

剛介は一瞬にして大刀を抜き、そのまま後ろに立った寅之臣の腹に突き入れた。大刀の抜き身がぬるりと寅之臣の腹に入り込む。

「こやつ、本気だ」

辰之臣は脇差しを引き抜いた。

剛介は軀を回転させながら、寅之臣に刺した刀を引き抜き、前に立った辰之臣の胸元を払った。どっと血潮が噴き出した。辰寅兄弟は互いに軀を支え合うように立っていたが、やがて二人とも膝から崩れ落ちた。

剛介はするりと二人から身を外し、血刀を振って血糊《ちのり》を払った。

女たちが辰寅兄弟の異変に気付き、悲鳴を上げた。

剛介は懐紙で刀をきれいに拭い、刀身をもとの鞘に戻した。

暗がりの中、人垣が崩れ、雑踏が散りぢりになった。逃げ出す者もいる。

剛介は辰寅兄弟を見向きもせず、通りを先に進んだ。

「江上様、どちらへ御出《おい》でになるのです?」

同心姿の川下左衛門《かわしたさえもん》がどこからか現われ、一緒に並んで歩き出した。

「これから安日皇子を消す」

「分かりました」

「川下、おぬしの羽織《はおり》を貸せ」

「羽織を? 何をなさるんです?」

「いいから寄越せ」

川下は怪訝な顔をしたが、すぐに羽織を脱ぎ、江上剛介に渡した。

江上剛介は、素早く羽織を着込み、小袖に掛けた襷を隠した。

「十手《じって》もだ」

川下は腰に差していた十手を江上剛介に渡す。江上剛介は十手を腹の帯に差した。紫色の房が腹の上で揺れる。

江上剛介は懐手をし、真直ぐに廻船宿「丸亀《まるがめ》」に向かって歩いて行く。

川下左衛門はこれから起こることを察知し、さっと江上剛介から離れた。

廻船宿の店先に立っていた幕府の衛士《えじ》は、ちらりと江上剛介を見咎《みとが》めたが、堂々たる態度の役人姿に何もいわず、斜めに交差させて行く手を塞いでいた杖を左右に開いた。

江上剛介は太太《ふてぶて》しい態度で、衛士たちの間を抜け、土間に足を入れた。

江上剛介は堂々と臆せず宿丸亀の出入口から店内に入って行った。

式台の燭台には百目蠟燭の炎が燃え、土間をほのかに照らしていた。

「いらっしゃいませ」

奥から飛んできた番頭が愛想よく、腰を折り、江上剛介を迎えた。

江上剛介は帯から十手を抜いた。

「お調べだ」

「御役人さん、困ります。この宿は安日皇子様の陣屋です。幕府役人も出入りはご遠慮願って……」

番頭は蠟燭の炎の明かりで、剛介の羽織が血潮を浴びているのに気付いた。

「構わぬ。安日皇子はおるか?」

剛介は雪駄《せった》を脱ぎ、式台に上がった。番頭が行く手に立ち塞がろうとしたが、剛介は強引に手で番頭を押し退けた。

「出合え、出合え。役人を騙《かた》る曲者《くせもの》だ」

玄関先から衛士が杖を手に駆け込んだ。

呼応して、宿の奥から護衛の侍たちがどかどかと足音高く駆け付ける。

剛介は廊下をどかどかと歩き、二階への階段を上《のぼ》った。

宿の見取り図は頭に入っている。

「見参《けんざん》見参、安日皇子殿、見参」

剛介は大声で叫びながら、真直ぐに二階の奥の間に突き進んだ。奥の間には、普段安日皇子が居る。

廊下に槍を構えた衛士たちが、行く手を阻《はば》んだ。

剛介は廊下の真ん中にどっかりと正座し、腰の大刀を鞘ごと腰の帯から抜いて、背の後ろに置いた。

「安日皇子様にお目にかかり、一言申し上げたい。それがしは、松平定信の家臣江上剛介でござる。ぜひとも安日皇子殿に謁見《えっけん》させてほしい」

衛士の人垣の間から、一人の男が現われた。

「なに、松平定信の家臣だと申すのか？」

「貴殿の御名は？」

「右大臣安藤真人《あんどうまひと》と申す。松平定信といえば、老中田沼意次様に敵対する幕閣の一人ではないか。その家臣の江上とやら、安日皇子様に面会して、何を伝えるのだ？」

「それは、安日皇子殿に直接お目にかからねば申し上げられない」

「松平定信の使いだとする証拠はあるのか？」

「そんなものはない」

「では、おぬしの話など信用出来ぬ。この場で成敗してくれよう」

「やれるものなら、おやりになればいい。安藤真人殿、おぬしらが、それがしを殺せば、松平定信の大事な使者を問答無用で斬ったとなり、戦になるぞ。幕府とおぬしらツガルエミシとの戦になる。それでもいいなら、それがしを斬れ」

安藤真人は顔を真っ赤にして、口籠《くちご》もった。右大臣はいわば安日皇子の政治顧問。戦の権限は、安日皇子にあり、側近たちにはない。

「お待ちなさい」

凛《りん》とした女の声が廊下に響いた。衛士たちの後ろから緋袴《ひばかま》に白い小袖姿の巫女《みこ》が衛士たちの間を分けて現われた。美しい顔立ちの女性だった。

剛介は巫女に一瞬見取れた。

「使いというなら、話を聞こうではないか?」

「レラ姫、危のうございます。こやつ、恭順《きょうじゅん》な振りをしているが、油断なりませんぞ。おそらく刺客」

レラという名なのか。どこかで聞いたことがある。もしや……。

剛介はふと思いついた。だが、それ以上考えないことにした。闘志が鈍《にぶ》る。

安藤真人が大声で注意した。

「誰か、早よう、辰寅たちを呼べ。こんな時にいないで、遊び惚《ほう》けているとは何事だ。大至急に捜して呼んでこい」

衛士の何人かが安藤真人の命令で、ばらばらっと人垣を崩し、階下に駆け下りた。

レラと呼ばれた巫女が江上に尋ねた。

「おぬし、江上剛介と名乗ったな。もしや、鹿取寒九郎と同門ではないのか？」

江上はどきりとした。やはり、レラ姫は寒九郎と恋仲の女子だ。次席家老大道寺《だいどうじ》為秀《ためひで》の家に滞在中に、細作が調べた情報の中に寒九郎と結ばれた安日皇子の娘レラの話があった。

江上はレラの問いを無視して答えなかった。

「答えないところを見ると、図星だからだな。江上剛介、たしか寒九郎から聞いた。明徳道場で筆頭門弟だった。門弟の中でずば抜けて優秀だったため、松平定信一派に見込まれ、刺客として、ツガルに送り込まれた」

「…………」

江上剛介は口を噤《つぐ》んだ。

「密命は、安日皇子を暗殺することであろう？」

廊下の奥から、どやどやっと数人の人影が現われた。

「レラ、いかがいたした？」

「お父様、この男、いまは恭順のふりをしているが、松平定信の放った刺客でございます」

江上剛介はほくそ笑んだ。とうとう安日皇子にお目にかかれるのだ。その時が来たのだ。

江上剛介は深呼吸をして心を落ち着けた。

「そこを開けよ。私が直接、松平定信からの伝言を聞く」

衛士の人垣が開き、初老の男が人垣の間から現われた。

安日皇子の後から、もう一人、要路と思われる中年の男が現われた。

「安日皇子様、ご用心を。こやつ隙を見て、斬りかかるかも知れませぬ」

「ははは。左大臣、心配無用。まさか、松平定信が卑怯な真似はしないだろう。それで、江上剛介とやら、松平定信殿は、どのような伝言を私にいおうとしていたのだ？」

江上剛介は正座の姿勢から両手をついて、平伏した。

「畏《おそ》れながら、申し上げます」

「うむ。なんだというのだね」

安日皇子は江上剛介の真前に立った。

「松平定信様の伝言は……」

江上剛介は軀を起こし、はらりと羽織を脱いだ。その羽織を後ろに投げ、背後に置いた刀の柄を摑み、さっと後ろに滑らせた。

「お父様、危ない！」

江上剛介は刀の柄を握り、安日皇子を下から斬り上げた。血潮がどっと噴き出した。

「死ね、と申しておりました」

江上剛介は、刀を引き、止《とど》めを刺そうとした。目の前に巫女姿のレラが走り込んだ。レラは安日皇子の軀に覆い被さり、止めの刀を受け止めた。

「馬鹿な！　なんてことを」

江上はレラを刺した刀を抜いた。

「おのれ、江上！」

巫女姿のレラはマキリを抜き放ち、江上に斬りかかった。

江上はレラのマキリを大刀で弾《はじ》き、くるりと軀を回転させて、大刀でレラの胴を抜いた。レラの白い小袖の胸のあたりがみるみるうちに赤い血に染まっていく。

レラは大きく目を開き、口をぱくぱくさせていた。

江上は大刀の切っ先をレラの左胸にあて、止《とど》めを刺そうとした。

「寒九郎さま」

レラが擦れた声で呟いた。江上は止めを刺すのを止めた。止めを刺さずとも、レラの命はまもなく消える。

「おのれ！　レラ姫様がやられたぞ」

「安日皇子様も斬られたぞ！」

それまで、呆然と立ちすくんでいた衛士たちが慌てて動き出した。

江上は懐紙で大刀の血糊を拭い、鞘に戻した。衛士たちは怖じけづき、誰も江上剛介にかかろうとする者はいなかった。

江上剛介は、安日皇子とレラ姫に頭を下げて一礼した。振り向き、衛士たちが襲って来ないのを確かめて、階段を駆け下りた。

式台から土間に飛び降り、通りに出た時、宿は大騒ぎしていた。

江上剛介は、夜の十三湊の街をひたすら歩き出した。なぜか、わけもわからず叫びたくなった。哀しみを胸から吐き出したかった。

七

「遅かったか」

灘仁衛門が廻船宿「丸亀」を訪れた時、安日皇子とレラが刺客に襲われ、大騒ぎになっていた。

ツガルエミシの辰寅兄弟も、同じ刺客に襲われ、絶命していた。

灘仁衛門は、右大臣安藤真人、左大臣安倍龍之輔《あべりゅうのすけ》に、ホロケウ村長の書状を渡して挨拶し、アラハバキ皇国の一員に加えてもらった。

早速に灘仁衛門は安日皇子の床を見舞った。安日皇子はまだ多少意識はあったが、傷は深く、回復は絶望的だった。

灘仁衛門が安日皇子に励ましの言葉をかけると、かすかに微笑んだが、それ以上の反応はなかった。

レラ姫も腹と胸に深手を負っており、意識もほとんどなかった。巫女たちが、レラの看護にあたっていたが、レラの顔は血の気を失い、死相が表れていた。

もう少し早く来ていたなら、と灘仁衛門は悔やんだ。

廻船宿の主人が北前船で帰ってきたが、彼もまた、安日皇子とレラ姫の危篤の容体になす術もなく、呆然としていた。

灘仁衛門は、ふと寒九郎を思った。寒九郎になんと伝えたらいいのか？

おのれ、松平定信め。灘仁衛門は心から、松平定信一派への憎悪を深めた。

第二章　悲嘆と悔恨

一

寒九郎は、はっとして目を覚ました。寝床に起き上がった。レラの声が聞こえた。
それも、悲しみに満ちた声だった。
寝汗をびっしょりとかいていた。
まさか。
胸騒ぎがした。胸の動悸が収まらなかった。
もしやレラの身に何か起こったのでは？
いや、そんなことはない。
寒九郎は頭を振り、嫌な感じを追い払った。

夢を見ていた。なんの夢かは分からない。だが、不吉で嫌な夢だった。

子どもの頃、風邪にかかり、熱にうなされていた時、得体の知れない大きな玉に追われる夢を見た。その玉が現われると、寒九郎は泣き叫び、母に助けを求めた。母の菊恵《きくえ》が傍らに添い寝し、優しく頭を撫でつけてくれる。すると恐ろしい玉は嘘のように消えた。

まだ夜は明けておらず、部屋は漆黒の暗闇に包まれていた。

レラ、おまえに逢いたい。

おまえの胸に抱かれて眠りたい。そうすれば恐い玉は現われない。安心して眠ることが出来る。子どもの時のように。

寒九郎は汗に濡れた寝間着を脱ぎ、裸になった。再び、寝床に横たわった。布団は少し湿っていたが、裸の軀には快かった。

どこかで朝を告げる雄鶏《おんどり》の声が朗々と聞こえる。別の場所から、それに呼応するように、雄鶏たちの声が響いていく。

目を瞑ると、お幸の哀しげな顔が浮かんだ。

「寒九郎さま、お久しぶりです」

久しぶりに会ったお幸は愛らしい顔こそ変わらないものの、目映《まばゆ》いほどに美しい女に変わっていた。楚々《そそ》として素朴な紋白蝶《もんしろちょう》が、いつの間にか、艶《あで》やかで美しい黄揚羽蝶《きあげはちょう》に変身したかのように。

うなじの初《うぶ》な色香。透き通るように白く、艶《つや》やかな肌。着物の胸元はやや膨らみ、成熟した女を感じさせた。着物のきらびやかさが、さらにお幸を輝かせていた。

お幸が遠い遠い存在になったのを感じた。もはや己れが手を伸ばしても、決して届かない高処《たかみ》に行ってしまった。

御上は、毎夜、あのお幸を抱いているのか？

そう思うと、御上への嫉妬の炎がめらめらと燃え上がるのを覚えるのだが、寒九郎は己れの腑甲斐《ふがい》なさを詰《なじ》り、炎を消すのだった。

おれには、レラがいる。レラにはお幸の美しさとは違う、しなやかな野性の美しさがある。白神《しらかみ》の森に息づく生きものが放つ美しさだ。レラを抱く時、爽《さわ》やかな風が吹くのを感じる。穏やかな太陽の陽射しを受けとめる思いがする。打ち寄せては返す波の気配がする。

レラに逢いたい。

寒九郎は、レラを思い、切なくなった。

「おい、泣き虫侍。まだくよくよと嘆いているのか。餓鬼《がき》のように。愚か者めが」

名無しの権兵衛《ごんべえ》の声が耳に響いた。

「権兵衛、戻ってくれたのか」

寒九郎は身を起こし、声がした方角に目をやった。暗がりに蓑笠《みのかさ》を被《かぶ》った権兵衛の影があった。

「寒九郎、呆《あき》れた野郎だな。一度はおとなになったと思ったが、また泣き虫小僧に戻っちまったとはな。情けない」

権兵衛は寒九郎の枕元で胡坐《あぐら》をかいた。

「レラの身に何かあったのか？　権兵衛、何か知っているか？」

「笑止《しょうし》。そんなに心配なら、ツガルに帰ればいいではないか」

「そうはいかないんだ。叔母《おば》の身が心配なんだ」

母菊恵そっくりの叔母早苗の顔を思い浮かべた。十三湊でイタコの口寄せで聞いた母菊恵の言葉が耳に残っている。

『寒九郎、あなたは江戸へ、すぐに帰りなさい。由比進の家族にも災禍《さいか》が迫っています。あなたが帰らねば、早苗も死にましょう』

その警告通り、武田家を災禍が襲っていた。早苗の夫作之介は待ち伏せされ、矢を射られて命を落とした。作之介を守っていた若党頭《がしら》の吉住敬之助も斬死した。

「あのイタコのお告げが気になるのか？」

権兵衛は笑った。

「気になる。それがしが江戸に戻らねば叔母上の身が危ない、と母上の声がいった。叔母上はおれが守る」

「早苗殿の側《そば》には、由比進や元次郎たちがいるじゃないか。大吾郎もいる。なぜに、おぬしがいなければならぬのだ？」

「だが、母はイタコの口寄せを使って、おれに、江戸に帰れといった。何か分からぬが、まだおれが江戸にいなければならぬわけがあるのだと思う」

「イタコのもう一つのお告げは、気にならぬのか？」

「もちろん、気になる」

寒九郎は頭を抱えた。

『安日皇子よ、直《ただ》ちに、ここを立ち去れ。さもないと、おぬし、死ぬぞ。夷島《えびすじま》に戻るのだ』

イタコの老婆は、先代安日皇子の声でいった。

はたして、安日皇子様は、お告げを信じて、十三湊を立ち去り、夷島にお戻りになられたのだろうか？　安日皇子様の身に何か起こったのではあるまいか。レラの夢を見たのは、もしや何か安日皇子様の身に……。

「寒九郎、そんなに心配なら、ツガルへ帰れ。レラ姫もきっと喜ぶぞ」

「分かっている。だが、すぐには帰れない。もう少し、武田家の様子を見る。安全だと見極めて帰りたい」

ふと一緒に江戸に来た草間大介《くさまだいすけ》を思い出した。草間大介なら、こちらの事情をよく知っている。ツガルの十三湊に帰っても、レラにこちらの事情を話すことが出来るだろう。レラあての手紙を持って行ってもらうことも出来る。草間大介に依頼する手があった。

レラに逢いたいのはやまやまだが、ここは我慢するしかない。レラもきっと分かってくれる。

「なんだ、分かっているではないか。おぬしは、しばらく江戸で暮らす。由比進や大吾郎の相談に乗ってやればいい。いま、二人は父親を失い、ひどく心細く思っている。おまえが支えねばならん。叔母もおくにも、ともに連れ合いを失い、失意のどん底にいる。おまえが力になってやらずに、誰がなるというのだ？」

「権兵衛、今夜はえらくまともなことをいってくれているな」

「おまえが、まだ餓鬼だからだ。偉そうな口をきくな」

「感謝しておるのだ。正直、おれは迷っていた。それを権兵衛、おぬしがはっきりと道を示してくれた。ありがとう」

「少しは、おとなに戻ったか。余計な心配をさせおって。そろそろわしは消えるぞ」

権兵衛は立ち上がった。影が薄くなりかけた。

「待て、権兵衛。まだ相談したいことがある」

「甘えるな。自分の頭で考えろ。わしはおまえの相談役ではない」

「おれの物語が作れそうな気がするんだ」

「ようやく、そんな気持ちになったか？　どんなお伽話《とぎばなし》だ？」

「まだ話せぬ。もやもやとした霧の中にあるんだ」

「呆れたな。まだ、その段階かい」

「一つだけ言えることがある」

「なんだというのだ？」

「義《ぎ》に生きる話だ」

「義に生きるか。まあいい。楽しみにしておこう。おぬしの物語が出来上がったら、わしは聞きに来よう」

権兵衛の影は暗がりに消えて行った。

寒九郎はほっとして部屋の中を見回した。

武田家の客間だった。

雨戸の隙間が明るくなっていた。屋敷の台所の方から人の動く気配が伝わって来た。

二

江上剛介は悲しかった。

人を斬る。人を殺す、人の人生を無理に絶つ。そうしたことが、こんなにも惨めなことだとは思わなかった。

いまさらながらに、恩師橘左近《たちばなさこん》や大門甚兵衛《だいもんじんべえ》の忠告が耳に痛かった。御上の密命を受けて刺客になる道よりも、人として何事もなく、平々凡々と生きていく道がいいことが、いまになってよく分かる。

なぜ、あの時、素直に恩師たちの言葉を聞けなかったのだろうか？　剣の腕が人よりも多少いい、というだけで、他人よりも己れは優秀だと慢心《まんしん》していたのだ。人を斬る、殺《あや》めることが、名を残す剣客の通らねばならぬ道だと思い込んでいた。

恩師たちは、それを知っていたから、いったのだ。斬るな。殺すな。人を活かす剣を習得せよと。

剛介はため息をついた。

後悔先に立たず。

辰寅兄弟を斬るまでは平静だった。だが、次の安日皇子を殺《や》る段で、美しいレラ姫を見た時、平静さを失った。定信からレラ姫を斬れとはいわれていない。まして、レラ姫は寒九郎が惚れた女と知っていた。

寒九郎は明徳《めいとく》道場の恩師橘左近の指導を受けた同門である。道場では何度も立ち合い、競い合った仲だ。激しく打ち合ううちに、こやつは、将来きっと大物になると思った。道場では、自分が優位に立っていたが、内心、いつか自分はこの男と闘う運命だと思っていた。互いに尊敬し、意識していた。その寒九郎の愛する人を斬る？　そんな卑劣《ひれつ》なことは出来ない。斬らずに済むならば、レラ姫は斬りたくない。

だが、レラ姫は父安日皇子を守ろうと身を投げ出して、剛介に挑んで来た。斬るか斬らぬか。その一瞬の迷いが、剛介を動揺させ、手元を狂わせた。斬らずに抑えるところを、抑えが効かず斬ってしまったのだ。しまったと思ったが、後の祭りだった。

あの傷では、いくら手当てをしても助からない。刀の柄を握る手に、彼女の生命を絶つ感触が、いまも残っている。きっと生涯、この感触は消えないだろう。

なんてことをしてしまったのか。剛介は、もし、愛する郁恵《いくえ》を殺されたら、己れはいったい、どうするだろうかと自問した。

己れは、きっと復讐の鬼になる。寒九郎も、愛するレラを殺した人間が自分だと知ったら、終生剛介を恨み、仇討《あだう》ちを挑んで来る。

剛介はため息をついた。

庭の桜はすでに散り、新緑の葉になっている。カーンという鹿威《ししおど》しの音が庭に響き渡る。

剛介は、毎日、次席家老大道寺為秀の屋敷の離れの縁側に座り、庭の草花や木々の緑を眺めて時を過ごしていた。軀がだるく、気力もない。まして剣の稽古もしたくない。

廊下に人の気配がした。郁恵だと、剛介は心が躍った。郁恵は大道寺為秀の孫娘にあたる女子《おなご》だった。郁恵だけが、剛介の荒《すさ》んだ心を癒《いや》してくれる。

襖がそっと開き、郁恵の声が聞こえた。

「剛介さま、お茶をお持ちしました」

「かたじけない」

剛介は振り向いた。

郁恵が微笑んでいた。郁恵は湯呑み茶碗を盆に載せ、剛介の側《そば》に正座した。

「剛介さまは何もいわず、突然にお姿を消したので、江戸にお戻りになられたのかと思いました」

「済まぬ。心配をかけて」

剛介は郁恵に謝った。郁恵になら、いくらでも謝ることが出来る。

「お祖父《じい》様に伺いました。剛介さまは、十三湊に御出でになられたとか」

「はい」

剛介は湯呑み茶碗を持ち上げ、ゆっくりと茶を味わいながら飲んだ。

「いまごろの十三湊は、さぞ美しいのでしょうね」

「はい」

「湖の水面《みなも》は波もなく静かだけど、外海は波立っていて荒々しい」

「はい。さようでござった」

「海岸沿いに、桜が咲いているとか」

「ええ。浜辺の桜は見事に咲き誇っておりました」

郁恵は庭に目を向けた。遠くを見る目だった。

「剛介さまとご一緒したかった。私、幼い子どものころにしか、十三湊に行ったことがないんですよ。お父様に連れて行ってもらっただけ。それも、たった一度しかないんです」

「そうでしたか。それは残念でしたね」

「今度、十三湊に行く時は、ぜひ、私も連れて行ってください」

剛介は答えず、茶碗の底の茶まで啜った。苦い味が喉を下りて行く。

「十三湊へは、なんの御用があってですか？」

「突然の松平定信様の御下命《ごかめい》で参りました。つまらない用事です」

「首尾《しゅび》はいかがでしたの？」

剛介は一瞬、どきりとした。郁恵は祖父大道寺為秀から、己れが安日皇子を殺めるために、十三湊に出掛けたことを聞いたのだろうか？

「どなたかと、何か交渉事があったのでしょう？」

「交渉事？」

「違うのですか？　お祖父様はそういってましたけど」

「ええ、そんなものです」

剛介は、ほっとした。大道寺為秀は孫娘の郁恵に本当の事を話していないのが分かった。

剛介も、郁恵にだけは、己れが何をしたのか、知ってほしくない。

「うまくいきました」

「そう。よかった。お祖父様によれば、もし失敗したら、二度とうちには戻らないだろう、と。そのまま江戸に帰ることになるとおっしゃっていたので心配していたのです。もう二度と剛介さまにお会い出来なくなるかも知れないと思うと、剛介さまがお帰りになるまで、何日も眠れませんでした」

「郁恵どの」

剛介は、思わず、傍らの郁恵の肩を抱き寄せた。郁恵は抗《あらが》わず、剛介の胸に頭を寄せた。

腕の中の郁恵の柔らかな躯がかすかに震えていた。郁恵の放つ芳《かぐわ》しい体の香りに、剛介はうっとりして夢心地になった。

「私はあなた様をお慕い申し上げております」

「それがしも、郁恵どのを憎からず思うている」

「私をいずこへとも連れて行ってください。私はどんな恐ろしいところでも、あなた様について参ります」

「郁恵どの」

剛介は郁恵の唇に優しく口づけした。そのまま、二人は何もいわずに、じっと抱き合っていた。郁恵の軀は燃えるように熱かった。

剛介は、このまま時が止まればいい、と思った。

廊下にばたばたと足音がした。

声高に大道寺為秀が誰かと話す声が聞こえた。

剛介はさっと郁恵の体から離れた。

郁恵も慌てて身を起こし、裾《すそ》の乱れを直した。

「江上剛介殿、入るぞ」

大道寺為秀の声が離れの入口で響いた。

「どうぞ」

剛介は大声で答えた。剛介の答も待たず、襖ががらりと開いた。

「なんだ、郁恵。また、ここにおったのか。江上殿がくつろいでいるのを邪魔しおって。済まぬな、江上殿」

「とんでもない。邪魔などではありません」

「そうよ、私、邪魔はしていません」

「そうか？　江上殿は迷惑そうな顔をしているぞ」

大道寺為秀は離れの部屋にずかずかと入って来た。後から、一人の若侍が続き、出入口の傍らに正座した。

「江上殿、こやつは、さきほど江戸から早馬《はやうま》で戻った塚田《つかだ》だ」

「お初にお目にかかります」

塚田と呼ばれた若侍は剛介に両手をついて頭を下げた。

「うむ」

剛介は何もいわずに会釈を返した。大道寺為秀は構わず、大声でいった。

「定信様は、ことの首尾がうまくいったことを聞いて、たいへんお喜びになったそうだ」

「さようですか」

剛介は、大道寺為秀の話を聞き流した。

塚田が姿勢を正していった。

「これで当分アラハバキ皇国などは出来ることはあるまい、とお喜びでした。何より、安日皇子が……」

「塚田、余計なことはしゃべるな」

大道寺為秀は塚田を手で制し目配《めくば》せした。郁恵に聞かれてはまずい、と大道寺為秀は思ったのだろう。

「お祖父様、私に聞かれてはまずいお話なんですか」

郁恵が頬を膨らませた。

「これは定信様とわしの間の密談のようなものだ。たとえ孫娘といえども、聞かれてはまずい大人同士の話なのだ」

「まあ。私も、もう立派な大人ですよ」

「分かった分かった。郁恵、おぬし、少し黙っておれ。それで、塚田、定信様はなんとおっしゃっておられたのだ？」

「はい。江上様に、定信様から、新たな御下命《ごかめい》があるとのことでした。そのため、江上様には、至急江戸に戻られるように、とのお指図《さしず》でございました」

「至急に江戸へ戻れというのか？」

江上は唇を噛んだ。

「私は嫌でございます」

郁恵が甲高《かんだか》い声でいった。大道寺為秀は、驚いて郁恵を見た。

「郁恵、これは江上殿への指図だぞ。おぬしにではない」

「お祖父様、私、剛介様、いえ江上様について一緒に江戸に参ります。そう心に決めました」

大道寺為秀は、剛介をじろりと見た。

「どうなっておるのだ？」

「………」

剛介はなんと答えたらいいのか、言葉を失った。

「お祖父様、わたし、剛介様の妻になります。剛介様とそう約束しました。そうですね、剛介様」

郁恵は剛介に振り向き、同意を求めた。

「……郁恵殿、それがしは……」

剛介は答えるのを躊躇《ちゆうちよ》した。

「郁恵、突然、何をいい出すのだ？　ほうれ、江上殿も困惑しておるぞ」

大道寺為秀は笑いながらいった。

「お祖父様、私は本気です。剛介様と夫婦《めおと》になれないなら、私は死にます」

剛介は驚いて郁恵を見つめた。郁恵は真顔《まがお》だった。

郁恵の目には涙が溢れ、切羽詰まった表情をしていた。

「郁恵、待て。いくら、おぬしが決めても江上殿は困ろう」

剛介は考え込んだ。

剛介も郁恵と同じ気持ちだった。郁恵を狂おしいほどいとおしい。だが、と剛介は立ち止まる。自分は郁恵に相応《ふさわ》しい男なのか？

とまれ、もし郁恵と夫婦になっても、己れは郁恵を幸せに出来るのか？　自分は人を殺した男だ。いくら御上の命令だったとはいえ、人を殺した罪が許されるわけではない。御上は神ではない。

これから自分が進む道は、地獄への道だ。そんな道に、愛する郁恵は連れては行けない。

地獄へは一人で歩むしかない。行く手には、強敵寒九郎が待ち受けている。寒九郎は剣の修行を重ね、谺一刀流をさらに進めた真正《しんせい》谺一刀流を開眼させたと聞いている。真正谺一刀流と闘うのは楽しみではある。

真正谺一刀流を打ち破るためには新たなる剣の修行をしなければならない。

そんな自分勝手な生き方をする己れに郁恵を娶《めと》る資格はない。

「郁恵殿、それがしは、おぬしを幸せにすることは出来ない。それがしは、明日がない人間だ。そんな男と夫婦になるのは、不幸になるだけだ」

「いいんです。夫婦になったら、私があなたを幸せにします。私があなたをお守りします」

郁恵は必死に剛介にすがるようにいった。

剛介は郁恵を見つめた。

大道寺為秀は苦々《にがにが》しく聞いた。

「郁恵、おまえ、江上剛介殿との祝言《しゅうげん》を挙げることについて、母上や父上と相談したか？」

「いえ」

「おまえは、まだ若い。父上や母上と、よく相談してからでも遅くはない。おまえ一人だけでことを進めてはならぬ。いいな」

大道寺為秀は可愛い孫娘の行く末を案じていった。郁恵は剛介の顔を見た。剛介も大道寺為秀の気持ちを察してうなずいた。

郁恵は不承不承小さな声で答えた。

「分かりました。父さま、母さまともよく相談します。でも、私の気持ちは変わりません」

江上剛介は郁恵の一途《いちず》な気持ちに何もいえなかった。

三

由比進は謁見《えっけん》の間《ま》で平伏したまま、松の廊下を歩く御上の足音に耳を澄ました。

傍らに老中田沼意次が平伏している。意次は由比進に、公方《くぼう》様は気さくな御方だから、心配いたすな、と事前にいっていた。だが、天下の大将軍に直《じか》に謁見するなどということは、将軍御目見得《おめみえ》の旗本大身《たいしん》でも滅多にない光栄である。

謁見の間も中奥の白書院とか、黒書院といった公的な場ではなく、将軍の居室間近の中の間で、老中、若年寄などの要路《ようろ》、譜代の大名でも容易には入れない部屋だった。

もっとも、由比進自身、江戸城内についてはまったくの不案内であった。意次の後について歩くだけで、自分がいま江戸城内のどこをどう歩いているかも分からないでいた。

将軍様の足が目の前で止まり、将軍様はどっかりと上座の座布団の上に座った。

「公方様におかれましては、ご機嫌麗しく……」

「意次、くどい。余とおぬしの仲だ。格式張った挨拶は抜きにせい。そこにおるのが、武田作之介の息子の由比進か。苦しうない、面《おもて》を上げよ」

「ははあ」

由比進はどうしたものか、隣に控えている意次をちらりと見た。意次はすでに顔を上げ、将軍と顔を合わせている。

「由比進、顔を上げていい。公方様は、おぬしの顔を見たがっておられる」

「ははあ」

由比進は恐る恐る軀を起こし、前に座った将軍家治様と対面した。家治様は、思ったよりも小柄な御方だった。涼しい目で、じっと由比進を見つめていた。

「おう。そちが武田家の家督を継ぐ由比進か。父作之介に似て精悍《せいかん》な面構《つらがま》えをしておるのう」

「畏《おそ》れ入ります」

由比進は再び平伏した。

「由比進、遠慮いたすな。顔を上げい。平伏しておっては、話が出来ぬ」

「畏れ入ります。では、失礼いたします」

由比進は軀を起こし、将軍家治様と正対して座った。

「うむ。それでいい。余が将軍の地位にあるからといって、特別に偉いわけではない。余と意次、そして、おぬしの三人しかいない、この書院ではお互い対等に話をしたい。

いいな」

「はい。分かりました」

　家治は座布団の上で胡坐をかいた。

「意次、由比進、おぬしたちも膝を崩して胡坐をかけ。そうしないと、互いに本音の話が出来ん」

「はい。では、胡坐をかかせていただきます」

　由比進は早速に畳の上で膝を崩し、胡坐をかいた。ちらりと意次を見ると、意次は依然膝を崩さずに正座していた。

　由比進は慌てて膝を揃え、正座しようとした。家治は苦笑し、意次にいった。

「それ見ろ。意次が素直に従わないから、由比進が慌てて、胡坐をやめようとしているではないか」

「ははあ。畏れ入ります」

「由比進、命令だ。胡坐をかけ。意次のように遠慮してはならぬ」

「はい。失礼いたします」

　由比進は安堵し、正座をやめ、あらためて胡坐をかき直した。

「ほうれ。若い者は、気さくで正直なものだ。余が勧めた通りにする。意次、おぬしのように、遠慮が過ぎるのは、これからの時代には合わぬぞ。格式を重んじるのは、人の目がある時だ。我ら三人の間では、遠慮はなしだ。由比進も分かったな」

「はい。分かりました」

由比進は、家治様が本当に気さくで、堅苦しい礼儀作法や格式が嫌いな人間であるのを見て取った。

意次が厳《おごそ》かにいった。

「由比進、この度《たび》、公方様にお目通りが叶《かな》ったのは、故武田作之介殿の功績大だったことによる。公方様は、おぬしが武田家の家督を継ぎ、石高も御加増の二千三百石となることを承認くださった」

「有り難き幸せにございます」

由比進は慌てて正座に座り直した。将軍家治様に深々と頭を下げ、御礼をいった。

「さらに、石高に見合う役職として、由比進を公方様側衆《そばしゆう》に取り立てることになった」

「側衆でございますか。あまりにも畏れ多いことでございます」

由比進は恐縮した。

側衆は、将軍と御用部屋の要路たちを繋ぐ重要な役目である。側衆のなかから、将軍が気に入った者を選び出し、側用人《そばようにん》にする。

田沼意次がそうだったように、将軍のお気に入りの側用人は、実力があれば、若年寄、老中といった要路に召し上げられ、権力の中枢《ちゅうすう》を担うことになっていくのだ。

由比進は若かったため、意次のような野望がなかった。

「畏れながら、それがしに御側衆のような重責が務まるのでしょうか？」

「ははは。意次、いうてやれ」

「はい。由比進、初めから側衆が務まる人間などいない。どんな側衆も初めは使い走りのようなものだ。恐らく側衆の先輩たちは新米のおぬしに何も教えないであろう。期待するな。すべては見習いから始まる。わしもそうだった。まずは見様見真似、先輩たちのすることを鋭く観察し、己れの技術とする。そのたゆまぬ努力の末に、公方様の相談役になる。公方様のご意向を受けて、公方様の代理として政《まつりごと》を執り行なう。そこまでになるには、かなりの年月を必要としよう。だが、民の生活の貧しさや商いの旨味を知らず、米作りだけに精を出す政では、民の支持を失う。民を貧しさから救い出す政を行なうのが、本当の為政者《いせいしゃ》だ。それには、有能な人材を育成し、幕府の要路に取り込まねばならぬのだ。側衆は、そういう優秀な人材を育てて公方様の側近とする、一つの道、登龍門《とうりゅうもん》になっているのだ。由比進、おぬしは、その登龍門に入ったと思え。いいな」

由比進は目を白黒させた。

「それがしには、あまりに重い役目に思われますが」

「もちろん、側衆は誰もがなれるものではない。だから、日ごろの研鑽《けんさん》、教養を身につけ、広く世界を見る目を持たねばならんのだ。由比進、明徳館での成績を見ても、おぬしは文武両道に通じ、良識学識も高い。公方様も、非常に期待しておるのだ。わしも、意知亡き後、わしのめざす政を継ぐ者として、おぬしに期待しておるのだ」

「ありがたき幸せに存じます」

由比進は次第に田沼意次の目論見《もくろみ》が分かって来た。だが、あえて、そのことはいわなかった。

意次は真直ぐに由比進を見た。

「本音をいおう。おぬしに期待するのは、いうまでもなく、おぬしの父上作之介殿が、わしの補佐役、盟友《めいゆう》として、よく働いてくれたからだ。おぬしには、作之介殿の血が流れている。しかも、おぬしの母上は、谺仙之助殿の娘。半分はアラハバキの血が流れていよう。公方様もわしも、安日皇子様のお造りになろうとしているアラハバキ皇国を支援し、魯西亜国との交易を始めたいと思っている。そのため、武田作之介殿を全権大使として、安日皇子様の許《もと》に送ろうとしていた。その矢先に暗殺されてしまった」

「はい。全権大使について、父からお話を聞いておりました。ですから、なぜ、殺されたのかも存じております。父を殺めた下手人を捕まえ、白状させました。下手人の背後には津軽藩江戸家老の大道寺為丞がおり、さらにその後ろに大目付松平貞親が、そしてそのまた背後に黒幕の松平定信殿が控えているということも存じております」

「うむ。さすが作之介殿の息子だ。よく事情が分かっておるな」

意次は家治と顔を見合わせ、満足気にうなずき合った。

田沼意次の政治には毀誉褒貶《きよほうへん》が多いが、由比進は民の幸せを考えると、質素倹約を旨とする武断《ぶだん》政治よりも、商業や貿易を重く見る田沼意次の文治《ぶんち》政治の方に共感を持てた。

父上も、田沼意次の政治を高く評価していた。父上同様に、田沼意次に肩入れしてもいいではないか、という思いもする。

それをもって、武田家は田沼派といわれても、構わない。父上の遺志を継ぐ意味もあろう。

「由比進、実は、おぬしに期待する理由が、もう一つある」

家治はちらりと意次を見た。意次は何もいわず、うなずいた。

「おぬしの義理の妹お幸のことだ」

「…………」

由比進は何もいわずにいた。

お幸は武田家の武家奉公人吉住敬之助と妻おくにの間に生まれた娘だ。お幸は鹿取寒九郎と恋仲で、二人は将来を誓い合っていた。

そのお幸を寒九郎に添わせるため、行儀作法を習わせようと、母早苗が父上と相談し、直参旗本武田家の養女として、大奥に上げ、女中奉公させた。

そのお幸を見初めて手をつけたのが、御上の家治だった。それだけでは済まず、いまお幸は懐妊している。

母上早苗は、まさかの事態に狼狽《ろうばい》し、幸を大奥に上げたことを悔やんでいた。お幸と将来夫婦になろうと誓い合っていた寒九郎も、大きな衝撃を受けていた。

そのことをいえば、家治様を詰《なじ》ることになる。そもそも、家治様がお幸に手をつけたことが、騒動の始まりだった。

「家治様、お幸をどうなさるおつもりなのですか？」

お幸を大奥から退かせるから、武田家で引き取れというのか。それとも、お幸に堕《だ》家治様の御家来の誰かに添わせようというのか。あるいは、家治様の御家来の誰かに添わせようというのか。

家治様の答次第では、由比進も義兄として、一言文句を申し上げるつもりだった。

「幸を余の側室にしようと思うのだ」

由比進は、一瞬、絶句した。

御上は、お幸と寒九郎の仲を知らないのだろう。仮に知っていたとしても、御上は寒九郎からお幸を奪うつもりなのだろう。

「何か不満があるか？」

「あります。お幸には慕っていた男がいました。お幸は大奥を下がったら、その男と夫婦になる約束をしていたのです。御上は、その男から無理遣りお幸を奪ったのです」

家治は悲しそうな目で由比進を見つめた。

「その男とは、誰のことだ？」

「お幸は男のことをいいませんでしたか？」

「誓い合った男がいるとは申しておったが、決して名前は明かさなかった。だから、余は幸が嘘をついていると思ったのだ。本当に好きな男がいたのだな。不憫《ふびん》なことをした」

家治はため息をついた。

由比進は、なぜ、お幸は寒九郎の名を明かさなかったのかを考えた。

おそらく、お幸は寒九郎の名を出せば、嫉妬《しっと》に狂った家治が、強大な権力を行使《こうし》し、寒九郎を亡き者にすると思ったのではないか。それほどに、御上はお幸にご執心《しゅうしん》だったのだろう。

「由比進、いったい、誰なのだ？　存じているのなら、余に教えてくれ。詫びをいいたい。償いもしたい」

「………」

由比進は、いうか、いうまいか、迷った。

お幸の心情を考えた。お幸は必死に寒九郎を守ろうとしたのだ。そのお幸の切なる願いを裏切るわけにはいかない。

「申し訳ありません。お幸がいわない以上、それがしもいえません」

「どうしてもか？」

「どうしてもです」

「お幸は余に軀は開いたが、心は開いておらぬ」

由比進は、寒九郎の名をいわないでよかったと思った。御上は、いまも、お幸の心にある男に嫉妬している。出来ることなら、その男を抹殺《まっさつ》したいとも思っている。男の嫉妬は深い。たとえ、お幸が懐妊したとしても、なお御上はお幸が慕う男を詮索《せんさく》したいのだろう。詫びたいとか、償いたいという言葉はとても信じがたい。

家治は悲しそうな目で訊いた。

「由比進、どうしたものかのう」

「武士の情けです」

「何が武士の情けだというのだ？」

家治は怪訝《けげん》な顔をした。

「それがし、思うことがあります。由比進はいった。申し上げてもいいですか？」

「うむ。いうてみよ」

「お幸は、大奥に上がり、武士の娘であることを学んだのだと思います。お幸は御上に言い寄られ、切羽《せっぱ》詰まった。その時、お幸は武士の娘として、どうするか、必死に考えたと思います。武士の娘として、男に操《みさお》を立てて自害して果てるか。そうでなければ、愛した男を諦め、御上に身も心も捧げるか？」

「うむ」

「お幸は、きっと後者の道を選んだのだと思います。そうでなかったら、お幸は武士の娘として自害して果てていたでしょう」

「なるほど。それで？」

「お幸は、恋した男を諦め、必死に御上を受け入れようとしていると思います。それがしが、御上と同じ立場だったら、お幸の心情を思い、男が誰だったか詮索しない、と思います。詮索すれば、お幸を追い詰めることになる。それを避けるため、あえて詮索せずに時が経つのを待つ。つまり、武士の情けです」

「うむ。なるほど。武士の情けか」

「おそらく、お幸は御上に徐々に心も開くと思います。側室に上げ、やや子を産んだら、なおのこと、御上を大事に思うようになりましょう」

「……さすが相談役だった武田作之介の息子だ。いうことが理に適《かな》っている。分かった。余は男が誰であれ、もう構わぬ。これ以上、詮索はしない。お幸を苦しませるつもりはない。武士の情けでいく」

「それが、お幸にとっても、御上にとっても、一番よろしいかと」

由比進は家治に頭を下げた。

「公方様、いかがですかな。側衆武田由比進は？」

「気に入った。明日から余と意次の間に立って側衆として働いてもらおう。意次、ほかの側衆に、由比進を紹介し、大事に扱うように申せ。いらぬちょっかいをするような者がいたら、即刻馘《くび》にしろ」

「御意のままに」

意次は満足そうにうなずいた。

四

明徳道場は張り詰めた空気で静まり返っていた。

道場の真ん中で、木刀で立ち合っているのは、指南役橘左近と寒九郎だった。

判じ役は大門甚兵衛老師。起倒流《きとうりゅう》大門道場の道場主である。

道場は師範や師範代をはじめとして、門弟たちが壁際に並んで座り、固唾《かたず》を呑んで、二人の立合いを凝視していた。

寒九郎は、じりじりと木刀を上段から中段に移動させ、青眼《せいがん》に構えた。

対する橘左近は、木刀を大上段に構えたままじっと微動《びどう》だにしない。

二人とも、稽古着に下緒の襷を掛けている。鉢巻きは橘左近が白色、寒九郎が青色。

どちらも無言、気合いも発することがない。

静かに時間だけが流れて行く。判じ役の大門老師は、二人からかなり離れて、じっと二人の動きを見ている。

誰一人、咳《しわぶき》一つ立てるのも憚《はばか》られるほど、静寂が横溢《おういつ》している。

寒九郎は青眼の構えから、さらに木刀を下げ、右下段の構えに変えて行く。

橘左近は、静《せい》。大上段に振り上げたまま、じっと動かない。

対する寒九郎は、動《どう》。木刀の動きを止めず、常に流れるように動かしていた。

橘左近老師は、寒九郎の川が流れるように絶え間なく木刀を動かしているのを、じっと見極めようとしていた。

流れのどこで左近老師は打って来るか。寒九郎は、久しぶりに剣の熟練者と立ち合うので心が躍った。左近老師は、少々の誘いの隙を作っても、決して乗って来ない。かといって、こちらに隙がなくても、強引に打ち込んで来て、こちらの体《たい》を崩そうとする。

寒九郎は、口元に笑みを浮かべた。左近老師の気を探った。老師は迷っている、と読んだ。

立合いは、一瞬の一撃で決まると見た。

真正谺一刀流は、谺一刀流に似ているが、さらに技を改良している。おそらく、左近老師は、かつての谺一刀流の谺仙之助の立合いを脳裏に思い出していることだろう。だが、かつての谺一刀流の技と似ても似つかぬ技に改良されている。左近老師は、そのことをまだ知らない。

寒九郎は、なおじりじりと木刀を動かしていた。右下段後ろから、ゆっくりと木刀の切っ先を上に向け、右中段、さらに青眼に戻し、左中段に流して行く。

左近老師の気が動いた。

来る。

左近老師の木刀が正面から振り下ろされる。

一瞬、寒九郎の軀が右に飛んだ。

左近老師は、それを読んでいたらしく、振り下ろされた木刀が空を切ると同時に右に払われ、寒九郎の胴を抜こうとした。

寒九郎は両手で持った木刀で床を突き、宙に飛び上がり、左近老師の頭上を超えた。同時に木刀を左近老師の右肩に振り下ろす。

「秘剣飛鳥《あすか》の舞い」

左近老師は木刀で、右肩を襲う寒九郎の木刀を弾き返した。寒九郎は、弾き返された弾みを利用し、体幹を軸にして回転した。軀にぴったりと押しつけた木刀を軀とともに回転させ、左近老師の胴を襲った。

左近老師はさっと跳び退いた。ほとんど同時に、寒九郎の軀が左近老師を追い、寒九郎の木刀が左近老師の喉元にぴたりと当てられた。

「秘剣猿《さる》の手《て》」

だが、左近老師の木刀の切っ先も寒九郎の胸元を突いていた。

「それまでッ」

大門老師の鋭い声が二人の動きを制した。

周囲で見ていた門弟たちが、一斉にどよめいた。

「どちらが勝ったんだ?」

「相討ちか?」

「いや指南役の勝ちと見たね」

門弟たちは、がやがやと評定をしている。

寒九郎は木刀を引き、蹲踞《そんきょ》の姿勢を取って、左近老師に頭を下げた。

「さすが、橘先生です。それがし、一瞬遅れました。それがしの負けでござる」

寒九郎はあっさりと負けを認めた。

左近老師が笑いながらいった。

「いやいや、寒九郎、門弟の前だからといって、わしを庇《かば》うな。わしの負けだ。おぬしの真正谺一刀流の剣筋、しかと見た。谺仙之助の谺一刀流よりも、はるかに進化しておる。いやあ、参った参った」

　大門老師もうれしそうに笑いながらいった。

「寒九郎、よくぞ、修行して、技を編み出した。谺仙之助が生きていたら、さぞ、喜ぶだろう」

「先生たちのお陰です。明徳道場と起倒流大門道場で、先生方に、しっかりしごかれたお陰です」

「いまの秘剣、なんと申すのだ？」

　左近老師が尋ねた。

「先の技が秘剣飛鳥の舞いでござる」

「最後の技は？」

「秘剣猿の手にござった」

　大門老師が訊いた。

「野趣《やしゆ》溢《あふ》れる秘剣だな。やはり、白神《しらかみ》山地で編み出した技か」

「はい。飛鳥の舞いは、十二湖に舞い降りた白鳥《はくちよう》から得た技でござる。猿の手は暗《あん》門《もん》の滝において、野猿から習った技にございます」

周囲に門弟たちが押し寄せ、興味ありげに寒九郎を見ていた。

橘左近老師が、寒九郎にいった。

「どうだろう？　寒九郎、江戸にいる間でいい。我が明徳道場で、真正谺一刀流を後輩たちに教えてやってくれぬか？」

「左近、それはないだろう。寒九郎はもともとはうちの道場から出たのだから、うちの道場で門弟たちに剣を教えてほしい。うちは、師範として、おぬしを迎える。もちろん、しかるべき手当は払う」

「待て、大門、我が明徳道場では、特別師範として雇う。いまのような真正谺一刀流の神技、門弟たちに教えてやってくれ」

「左近、うちの方が先だ。手当は明徳よりは安いが、おぬしは手当の多さに釣られる男ではあるまい。庶民の子らが通う、我が道場に来てほしい」

大門は橘左近に対抗するようにいった。

「大門先生、橘先生。どちらも恩ある道場です。どちらにも顔を出し、門弟たちに指導させていただきます。ですから、それがしのことで、争わないでください」

寒九郎は笑いながら二人の間を仲裁《ちゆうさい》した。

五

田沼意次は夜半に目が覚め、厠に立った後、寝所に戻ったものの、なぜか、寝付けなかった。胸騒ぎがしてならなかった。

思い起こせば、意知が殺められた日も、朝から胸騒ぎを覚えていた。

城中の松の廊下で刃傷沙汰《にんじょうざた》が起きるということは言語道断のこと。近侍の佐野某が、なぜ、意知を狙《ねら》って凶行に及んだか、取り調べた目付の木村陣佐衛門の報告によれば、佐野の女を意知が寝取ったことを恨んでのことだそうだが、意次は信じなかった。

息子意知が女にだらしないという噂は耳にしていたが、息子だけに限らない。少しでも地位がある者は、結構浮名《うきな》を流している。権力者に取り入ろうとする女子《おなご》も少なくないし、自分の娘を権力者に供して、自分の出世につなげようという情けない親もいる。

意次にも、触れれば、すぐ落ちる花たちが群がっている。だからといって、見境《みさかい》もなく女子に手を出せば、同じ女子に思いを寄せる男と鉢合わせをして、刃傷沙汰になるから、手を出す相手には、十分に気をつけろ、と息子の意知にはいってあった。にもかかわらず、佐野の女に手をつけたのが、不運だったのか？

だが、意知の場合、何か裏がありそうに思えてならなかった。手の者に調べさせたのだが、佐野某の女の正体が分からないのだ。そもそも木村陣佐衛門は、大目付松平貞親の引きがあって目付になった。いわば、二人とも松平定信の息がかかった輩《やから》だ。その木村陣佐衛門に、佐野が死ぬ前に何を供述したか、明らかではない。供述自体が、つくり上げられたものかも知れない。

手の者が調べたところによれば、佐野は上野《うえの》の引き手茶屋で女を見初めたらしい。ところが、その引き手茶屋で、佐野と出来た女を探そうとしたら、女はすでに罷《や》めて姿を消していた。茶屋の女将の話では、その女は数ヵ月前に突然に働きたいといって来た、自称元武家娘で、たしかに物腰に武家娘らしい雰囲気があったという。美形で、すぐ店の人気者になったが、佐野に出会うとほかの客をほったらかし、佐野を接待していたという。女将によれば、初めから佐野目当てに店で働くようになったのではないか、という。

女将にいわせれば、一見、凛とした武家娘風の女子だったが、後から考えると、とんだ食わせ者だったかも知れない、という。ある時、店の奥で女が着替えをしているところに出くわしたことがあったが、女は慌てて脱いだばかりの着物で背中を隠した。その時、女将は、女の背中に女郎蜘蛛の刺青《いれずみ》が見えたと証言していた。

一方、息子の意知が、その女子にどこで逢ったのかが分からない。意知に付き添って警護していた由比進によれば、意知がひっそりと内緒で通っていた旗本の武家屋敷が数軒あったが、どこでどんな娘に逢っていたのかは、定かではない。当然のこと、手の者がそれらの屋敷を訪ねようにも、まさか、屋敷の奥方や娘に意知が通っていたかどうか、尋ねることは出来ない。

結局、佐野と意知の諍いの元となった女は謎のままだった。

唯一の手がかりは、女の背にあった女郎蜘蛛の刺青だが、もし、そうであったなら、女子は只者《ただもの》ではなく、男を誑《たら》し込む手練手管《てれんてくだ》を知っている女郎に違いない。証拠はないが、女の背後に、定信一派がいるのではないか？　意知は定信一派に嵌《は》められたのではないか？

意次は、そう思うしか、怒りの炎の収めようがなかった。

佐野の乱心を見ても、直ちに佐野を制止せず、刃傷を止めなかったとして、当日、現場にいた小姓たち全員を罷免《ひめん》するように、目付の木村陣佐衛門に厳重に申し付けたが、目付がそれを実行したかどうかは分からない。一応、小姓組二十二人が他の部署に左遷《させん》されたと聞くだけで、いま思うと、中立の旗本たちの反発を招き、彼らを反田沼意次派に追いやった結果になったかも知れない。

表向き城中に通う役人たちは、老中職にある己れにおとなしく従っているかのようだが、腹の中は分からない。とても信用出来るものではない。

面従腹背《めんじゅうふくはい》。

意次は闇を見つめ、ため息を洩らした。

本当に心から信用出来る者は、悲しいかな、ごく少数しかいない。昔から一緒に苦楽を共にして来た側近たちだ。新たに加わった武田作之介がいたが、如何《いかん》せん、殺されてしまった。その息子由比進が作之介の後釜になったものの、まだ若くて純粋に過ぎる。もう少し世の荒波に揉まれ、自らも汚濁《おだく》に塗《まみ》れないと、本物の政治家にはなれない。由比進は見込みがあり、将来有望ではあるが、まだこれからの人材だ。大切に育てていけば……。

「殿、起きておられますか」

寝所《しんじょ》の雨戸越しに男の声が聞こえた。

「誰だ？」

「半蔵にございます」

たしかに半蔵の声だ。

「至急にお知らせしたきことが」

「待て」

意次は起き上がり、廊下に出て、雨戸の心張《しんば》り捧を外《はず》した。

控えの間に詰めていた不寝番の供侍たちが、廊下に走り出た。

「殿、大丈夫でござるか」

「うむ。大丈夫だ。下がってよし。用事が出来たら呼ぶ」

「かしこまりました」

供侍たちは意次に頭を下げ、控えの間に姿を消した。

雨戸を引き開けた。夜の冷気が家の中に入って来た。まだ夜は明けておらず、かすかに東の空が白くなりはじめていた。

庭先の灯籠《とうろう》の前に、片膝立ちをした黒い人影があった。

「何事か？」

「ツガルから急な報が入りました。畏れながら、安日皇子様が亡くなられたとのことです」

「なにい、安日皇子様が死んだ？　まことのことか？」

意次は思わず、大声を出した。

「はい。刺客に襲われ、一太刀《ひとたち》で絶命したとのこと。一緒におられた皇女のレラ姫様も亡くなられたとのことです」

「おのれ。それで刺客たちは、何者だ？」

「宿舎に乗り込んだのは刺客一人です」

「たった一人だと。何やつ？」

「江上剛介と申す、居合の達人とのこと」

「居合だと？　江上剛介はいつ、居合を習得したというのか？」

意次は唸った。

江上剛介は明徳道場の筆頭門弟だった。日枝《ひえ》神社での奉納《ほうのう》仕合いで最後まで勝ち残った剣士だ。

「おのれ、定信」

江上剛介を刺客として送り込んだのは、松平定信と分かっていた。そのため、意次は対抗して、やはり奉納仕合いで目をつけた鳥越信之介を選び、ツガルに送り込んだ。鳥越信之介には、江上剛介だけでなく、ほかに送り込まれた刺客たちを監視させ、牽《けん》制《せい》させて、安日皇子を遠くからだが警護させていたのだ。

そうか。その鳥越信之介を、将軍家治様を守るため、ツガル十三湊から引き揚げさせた。そのため安日皇子警護に大きな穴が出来てしまったのか。

鳥越信之介がいたら、江上剛介の接近を阻止していたかも知れない。

「安日皇子様、皇女レラ姫様のお二人が亡くなったということで、十三湊は大騒ぎでございます。アラハバキ族の一部は、幕府の仕業だと非難し、出先の役所を焼き打ちしたり、幕府兵と衝突しているとのこと。安日皇子様を殺されたことに怒った安東水軍は、お二人の御遺体を船に載せ、全船、夷島に引き揚げはじめた、とのことです」

「まずいな。これはまずい」

意次は腕組みをし、考え込んだ。

安日皇子を失ったことで、アラハバキ皇国創設は、一夜の夢となって消えかねない。安日皇子亡き後、北方《ほっぽう》政策をどう立て直すか？

アラハバキが怒って幕府の敵に回れば、夷島の開拓もまた夢と消える。魯西亜国との交易も暗礁に乗り上げて頓挫《とんざ》しよう。まずい、本当にまずい。

このままでは、松平定信一派の思うままになり、家治様と自分の開国政策は足許から崩壊する。

次に松平定信が狙うのは、幕府の最高権力者である家治様を将軍の座から引きずり下ろすことに違いない。

家治様が権力を失えば、意次の運命も終わる。

松平定信に反撃する手はないのか？　このまま引き下がるわけにはいかない。下がれば敗北し、一死するのみだ。

意次はしばらく闇の中で考え込んだ。

「半蔵、やってもらいたいことがある」

「はい。なんでございましょうか？」

意次は庭に裸足で下り、半蔵の影に屈《かが》み込んだ。そっと耳打ちした。

「承知。では」

半蔵はくるりと身を回し、庭の暗がりの中にすっと姿を消した。

「頼むぞ、半蔵」

意次は半蔵の影が消えたあたりをじっと見つめた。

夜が明けたら、すぐに家治様に報告せねばならない。意次は重い気持ちで行く末を考えた。

どこかで、朝の時を告げる鶏の声が上がっていた。

六

夜が白々と明けた。

岩木山《いわきさん》が朝日を受けて茜色《あかね》に輝いていた。

天空は雲一つなく晴れ、青空が広がっている。

江上剛介は馬の手綱《たづな》を引き、屋敷の門の前に出た。

「長い間、お世話になりました」

江上剛介は見送りに出た大道寺為秀と奥方に礼をいい、頭を下げた。

奥方は頭を振った。

「いえいえ、とんでもない。たいしたおもてなしも出来ずに御免なさい」

「道中気をつけてな」

大道寺為秀はにこやかにいった。為秀の顔は、これで厄介者が居なくなるとばかりに晴れ晴れとしていた。安日皇子を暗殺した刺客が、大道寺為秀の屋敷に匿われているという噂が流れ、だんだんと周囲から疎《うと》まれはじめていたのだ。

昨日には、屋敷の門扉に「幕府の走狗《そうく》に死を」という貼り紙がなされていた。おそらくアラハバキの者からの嫌がらせだ。

昨夜、大道寺為秀は離れの江上剛介を訪ね、これから、嫌がらせが酷《ひど》くなるだろう、とこぼした。そして、江戸には、いつお戻りになられるのか、とも訊いた。

郁恵は、昨日、母親静香《しずか》に連れられ、静香の輿入《こしい》れ先である黒河《くろかわ》家に帰った。黒河家は同じ武家屋敷街の外れにあった。大道寺為秀家からほど遠くない。父の黒河左衛門《さえもん》は、藩の中老《ちゅうろう》の一人である。大道寺為秀とは、遠い親戚でもあった。

郁恵は家に戻るにあたり、剛介に何度も、まだ江戸には帰らないで、と念を押した。母親は郁恵が剛介との祝言を挙げるのに、いったんは反対したものの、どうにか理解をしてくれるようになった、という。問題は父親の黒河左衛門をどう説得するかだった。

黒河左衛門とは、大道寺為秀の屋敷内で一、二度、話をしたことがあった。黒河左衛門は、猜疑心《さいぎしん》の強そうな男で、しきりに剛介の家のことに探りを入れて来た。江上家が二百石の直参旗本で、父親は先手組《さきてぐみ》与力であること。さらに剛介が嫡子《ちゃくし》であることなどを知り、急に興味を失った様子だった。

黒河左衛門は石高八百石で、江上家とは格が違うと考えたのだろう。

おそらく、郁恵は父左衛門を説得できないだろう、と剛介は思った。郁恵には、長兄がおり、家督は長兄が継ぐことになっていた。そのため、左衛門は郁恵を、同じ藩内の有力者の家への輿入れを画策していた。

郁恵によると、何人かの候補がいる様子だった。その候補のなかには、郁恵が憎からず思っていた男もいたようだった。剛介に会うまでは、と郁恵は顔を赤らめていた。

剛介は悩みに悩んだ。だが、結局、己れは郁恵と一緒にはならないと心に決めた。仮に一緒になっても、郁恵を不幸にする。己れは人殺しだ。これからも、定信の命令で人を殺めねばならない。

幸い、まだ郁恵には手をつけていない。郁恵は無垢《むく》な体だ。自分が去っても、郁恵はきっと忘れてくれる。新しい男と、堂々と付き合うことが出来る。自分とは違う、ほかの男に郁恵を盗られるのは、口惜《くちお》しいが仕方がない。

自分は孤独な剣客の道を進む。剣を極め、ひとり孤独に死ぬ。それが己れにふさわしい。

いまが潮時だ。郁恵と会えば必ず心が乱れる。未練が残る。郁恵が居ない間に、静かに屋敷を去ろう。そう決心したのが昨夜だった。

「さようか」

大道寺為秀は、剛介が決心を告げると、一応お義理で、悲しそうな顔をした。だが、それも一瞬で、郁恵が帰らぬうちに、とさっそく奥方を呼び、剛介の旅支度を手伝うように命じた。

奥方は、郁恵の気持ちを薄々知っていたので、旅支度を手伝いながら、剛介に小声で何度も、「本当にいいのですか？　お別れも告げないで」と囁《ささや》いた。

剛介は郁恵を思うと、胸が締め付けられたが、それが郁恵のためにいいのだ、と自分自身を慰め、じっと我慢した。

明け方まで眠れなかったが、悪夢を見ずとも済んだ。朝起きて、朝焼けした岩木山を見ると、胸のつかえがすっとなくなった。江戸に帰れば富士山を望むことが出来る。

剛介は、もう一度、大道寺為秀夫婦に御礼をいうと、馬にひらりと飛び乗った。

馬上から大道寺為秀の屋敷を見回した。もう二度とここへは戻らない。郁恵とも会うことはない。

「さらばでござる」

剛介は鐙《あぶみ》で馬の腹を蹴った。大道寺為秀が何かいったが、剛介は聞こえぬふりをして、馬を走らせた。

早朝だったので、武家屋敷街は、まだ静まり返っていた。馬は砂利を蹴飛ばし、人影のない道を駆けた。

武家屋敷街を抜けようとした時、背後から郁恵の悲痛な声が聞こえたような気がしたが、剛介は振り返らなかった。

風切り音が耳に響いた。なぜか、涙が頰を伝わっていた。

七

隅田川《すみだがわ》は、今日も変わらず、静かに滔々《とうとう》と流れている。

空には雲が湧き、陽射しを遮《さえぎ》ってくれた。

鳥越信之介は屋根船の舳先《へさき》に立ち、行く手を窺《うかが》った。船尾では船頭たちがゆっくりと長い櫓《ろ》を漕いでいた。

障子戸に囲まれた船部屋には、身重の幸の方と腰元の絹《きぬ》がひっそりと乗り込んでいる。

鳥越信之介は屋根に手を置き、後方を見回した。

屋根船にぴったりと寄り添うように、猪牙舟《ちょきぶね》が左右に船体を揺らしながら付いて来る。

猪牙舟には、護衛の若侍荒木勇《あらきいさむ》と、御家人相馬吾郎《そうまごろう》が大刀を抱えて座っている。

二人は川面《かわも》を見渡し、常に不審な舟はいないか、とあたりに気を配っている。

荒木勇は将軍家治の信頼が篤《あつ》い納戸《なんど》組の一人で、相馬吾郎は田沼意次が剣術の腕を見込んで護衛に登用した御家人だ。

屋敷を抜け出してから、二度船を乗り換えている。いったん、川を下り、両国橋《りようごく》の袂《たもと》の船着場に船をつけて上がり、用意した女乗物の駕籠に幸の方を乗せた。そこで上野の寛永寺《かんえいじ》に向かった。境内に入ると、幸の方は本堂に上がった。本堂では、僧侶たちが読経をあげていた。

本堂で、幸の方は同じ衣裳を着て幸の方に成り済ました奥女中と入れ替わった。

幸の方は待っていた腰元の絹に付き添われ、本堂の裏手に抜けた。そこに用意した駕籠に幸の方を乗せ、境内の裏道を通り、隅田川の河畔《かはん》の船着場に抜けた。

そこに待機させた屋根船に幸の方を乗せ、川に漕ぎ出したのだ。

寛永寺までは尾行している影があったが、それ以後はつけられている気配はない。

だが、隠れ家に到着するまで、油断は禁物だった。

だいぶ屋根船は川を遡《さかのぼ》っている。先刻まで、あちらこちらに見えた釣り舟や渡し船の姿はなくなった。

川の左右の岸辺には、緑の稲が育つ田圃《たんぼ》が広がり、新緑に輝く雑木林が陽光を浴びて、風に葉をきらめかせていた。

雑木林の中に萱葺《かやぶ》きの農家や寺の屋根瓦がちらほらと見える。

「旦那、この先の船着場でやす」

傍らに座り込んだ中間《ちゆうげん》の佐助《さすけ》が行く手の左岸を指差した。生《お》い茂った葦《あし》の陰に隠れるように小さな桟橋《さんばし》が見えた。

「あそこだ」

信之介は猪牙舟の荒木に声をかけた。すぐさま、猪牙舟は勢いをつけて、屋根船を追い抜き、船着場に急いだ。

鳥越信之介は、屋根船の背後を窺った。つけてくる舟の姿は見当らない。左右の岸辺を見たが、田圃で働く農夫ら以外に人影はない。

船着場に先に着いた荒木たちは、陸に上がり、あたりを見回している。

荒木が手を上げ、安全を確かめた。

信之介は船尾の船頭たちに合図し、船着場に船を寄せるように指示した。

「まもなく着きます。いましばらくご辛抱を」

信之介は障子戸越しに幸の方に声をかけた。

返事はなかった。だが、衣擦《きぬず》れの音が聞こえた。

船は船着場の桟橋に船体を寄せて付けた。船頭が桟橋に飛び移り、纜《ともづな》を杭《くい》に結んだ。

佐助と信之介もあいついで桟橋に移った。

先に降りた荒木があたりを見回し、警戒していた。相馬吾郎の姿はない。先に隠れ家に行ったのだろう。

佐助も船を降りると、すぐにどこかに消えた。佐助も隠れ家に先回りをするつもりなのだ。

「どうぞ、お降りください」

信之介は障子戸の中に声をかけた。

船頭が船縁《ふなべり》に板を渡した。

障子戸が引き開けられた。信之介は中腰になり、頭を下げた。

一輪の百合《ゆり》の花が現われたように信之介は感じた。

初めて幸の方にお目にかかった時、信之介は、あまりの美しさに圧倒され、声を失って見とれてしまった。天女《てんにょ》のように神々《こうごう》しく、物腰がやわらかく、それなのに高貴さと凛凛しさがある。

腰元の絹も、幸の方に劣らず、美形だった。幸の方よりも、やや年上らしく、気品のある立ち居振る舞いだった。幸の方は、絹のことを「お姉さま」と呼んでいた。

幸の方は絹に手を取られて、静々と渡し板を歩いて来る。船がふと川波に揺れ、幸の方は板の上で足を止めた。思わず鳥越は手を差し出した。幸の方は、一瞬躊躇《ためら》ったが、鳥越の手を軽く摑《つか》まえ、体を支えた。

「ありがとう」

幸の方は目を伏せ、消え入るような声で礼をいった。幸の方は絹と鳥越の手を取り、栈橋に上がった。

栈橋に上がると同時に、鳥越はさっと手を離した。

絹のようなやわらかな肌の小さな手だった。鳥越は顔には出さなかったが、一瞬、胸がときめいた。

世の中には、こんなたおやかな女がいるのだ。この女を守ってあげたい。信之介の心に自然にそういう思いが湧き上がった。

「鳥越様、こちらへ」

佐助が戻り、鳥越に声をかけた。

「いま行く」

鳥越は返事をし、幸の方と絹に、様子を見て参りますので、こちらにいましばらくお待ちください、といった。

幸の方は、心細そうな顔だったが、こっくりとうなずいた。絹が傍らから、慰めていた。

鳥越は荒木に幸の方たちを頼むと言い置き、佐助について草の細道を急いだ。

雑木林の中に、高い土塀に囲まれた屋敷の甍《いらか》がひっそりと隠れていた。

江戸の大豪商が愛妾を囲った隠れ家だったが、いまはその豪商も亡くなり、誰も使わなくなった屋敷だった。田沼意次が密かに手を回し、大金を叩《はた》いて買い込んだ屋敷だった。

屋敷の甍はびっしりと苔生《こけむ》しており、門から見える庭は手入れがされておらず、草がぼうぼうに生《は》えている。一見、誰も住んでいないかのように見えた。

門扉《もんぴ》が開かれ、中間小者《こもの》に女中や下女たちが玄関前に並んで、鳥越を迎えた。

佐助が若党頭の年寄に、「こちらが鳥越様だ」と告げた。

若党頭の年寄は照井小吉《てるいしょうきち》と名乗り、鳥越に迎えの言葉をぼそぼそと述べた。鳥越は自分よりも、後から主客《しゅかく》の幸の方たちが来るので、よろしくと若党頭の照井小吉にいった。

相馬吾郎が屋敷の周囲を巡り、あたりを調べていた。

佐助が船着場に飛んで帰り、荒木に幸の方たちをお連れするように伝えた。

鳥越は相馬吾郎とともに、屋敷に上がった。屋敷の中は表の荒れ果てた様子とは打って変わって、改築され、畳も壁も真新しく、まるで新居のようであった。廊下もぴかぴかに掃除されている。

田沼意次から、隠れ家について聞いた時、外は廃屋《はいおく》のように見えるが、中は新築になっているはずだ、といっていたが、その通りだった。

これなら、将軍の側室になる方が入居しても失礼にはならないだろう。

やがて、荒木に案内された幸の方たちが邸内に入って来た。案の定、一目邸内を見ると驚きの声を上げた。

「ここなら、幸の方様も、安心して過ごせますわ」

絹は嬉しそうな声でいった。幸の方はうなずいたものの、あいかわらず静かに俯いたままだった。幸の方は、物思いに耽《ふけ》り、何か気に病んでいる様子だった。

鳥越は気を取り直し、若党頭の照井小吉に案内させ、荒木と相馬吾郎を連れ、邸内を隈《くま》無《な》く見て回った。

荒木、相馬吾郎、佐助とあれこれ話をしながら、邸内外の綿密な地図を作り上げた。

屋敷には、外に出入り出来る口が、五ヵ所あった。玄関、座敷の掃き出し窓、台所の裏口、離れに通じる出入口、さらに非常の際の隠し口。

土塀には、正門以外に、裏木戸が一つ。

鳥越は万が一、大勢の敵に攻められた場合、どのような防備を行なうかを考えた。

当分の間、防備方は、鳥越を頭《かしら》として、荒木、相馬、佐助の四人。ほかに、若党頭の照井小吉や、ほかの中間小者たち三人がいるが、どのくらいの力量があるのか分からないので、あてにはできない。女たちは、多少の腕がある絹以外はまったく論外だった。

ともあれ、この屋敷に貴人が住んでいるということを周囲の住民に悟られないよう、ひっそりと気配を消して住まねばならない。それには、いまの人数だけでも多いくらいだ。

鳥越は、荒木、相馬との三人で輪番になって、警護を開始した。三人で持ち場を持ち、常時警戒するように決めた。佐助には、自由に外に出て、外の見張りを頼み、不審者を見かけたら、すぐに鳥越に通報するように頼んだ。

己れが敵だったら、この屋敷のどこから侵入し、どう攻めるかと考え、その備えを考えた。

こうして、鳥越の隠し砦《とりで》の生活が始まった。

八

寒九郎は、がばっと身を起こし、刀を抜きざまに部屋の隅の人影に突き付けた。

「何やつ」

「寒九郎様、お味方にござる」

たしかに殺気《さっき》はない。寒九郎は、なお、刀を突き付けたままいった。

「味方だと？　いったい誰だ、おぬしは？」

「半蔵にございます」

「公儀隠密か？」

「老中田沼意次様の使いです。お刀、お納めくださいませ」

「田沼意次様の使いだと？」

寒九郎は刀を下ろした。

「田沼意次様のご下命《かめい》です。寒九郎様にお伝えしろと。どうかお気を静かにしてお聞きください」

寒九郎は苦笑した。気を静かにだと？

「いったい、なんだ？」

「ツガルは十三湊で、レラ姫様が刺客《しかく》に襲われ、命を落とされました」

「な、なんだと！　嘘を申すな。ただでは済まぬぞ」

寒九郎は驚き、刀を持ち直した。

「嘘ではありませぬ。レラ姫様だけでなく、安日皇子様も落命《らくめい》されたとのことです」

「なんだと！　安日皇子様も？　どうして……」

寒九郎は絶句した。

「刺客が安日皇子様を襲い、レラ姫様は身をもって安日皇子様を守ろうとしたのです。そのためレラ姫様も斬られたとのことです」

「おぬしが見たわけではないのだな」

「十三湊にいる、それがしの手下からの鳩《はと》を使っての報告です」

「いつのことだ？」

「一昨日にございます」

寒九郎の脳裏に、レラの顔がちらついた。

あんなに元気だったレラが……。

「刺客は、誰だったのだ？」

「江上剛介とのこと」

「なにい、江上剛介だと」

寒九郎は驚いた。信じられなかった。江上剛介がなぜ、レラを斬ったのだ？　さらに安日皇子様まで斬ったとは。

「安日皇子様には、辰寅兄弟という双子の護衛がいたはずだが」

「江上剛介は、その二人をまず殺め、廻船宿丸亀に乗り込んで、安日皇子様、レラ姫様を斬ったとのことです」

「おのれ、江上剛介」

ようやく、じりじりと、怒りが燃え上がって来た。だが、本当にレラは死んだのか。まだ信じられない。

「寒九郎様、大丈夫ですか？」

襖がすっと開き、草間大介が部屋に入って来た。抜き身を手にしている。

半蔵はさっと身構えた。

「草間、それがしは大丈夫だ。それよりも、こやつ、公儀隠密の半蔵だが、たいへんな報せを持って参った」

寒九郎は、レラと安日皇子が斬死《ざんし》したことを告げた。

「まさか」

草間も絶句した。寒九郎はいった。

「それがし、ツガルへ戻る。戻って確かめる。この目で見なければ、信じられない」

「それがしも、ご一緒します」

半蔵が暗がりの中で身動《みじろ》いだ。

「お待ちください。田沼意次様から、もう一つ、お知らせしたいことが」

「なんだ?」

「鉤手組《かぎて》が、早苗様のお命を狙っています」

「なぜ叔母上の命を狙う?」

「鉤手組は、谺仙之助の血筋をすべて消そうとしています。順繰《じゆんぐ》りに」

「では、それがしの命も狙うというのか?」

「寒九郎様だけでなく、武田由比進様、元次郎様のお命も」

「どうして、おぬし、鉤手組の話を知っているのだ?」

「いま、鉤手組は密かに津軽藩江戸屋敷に潜んでいます。それがしの手の者が、屋敷に忍び込み、謀議《ぼうぎ》の密談を聞きました」

「鉤手組は、いつ叔母上を襲うというのだ?」

「近々ということです。由比進様が登城している時で、あとは寒九郎様の留守を狙う」

「それがしが留守の時か」

　寒九郎は唸った。

　由比進が登城する時には、若党頭となった大吾郎も一緒に登城する。護衛の若侍熊《くま》谷主水介《がいもんどのすけ》も陣内長衛門《じんないちょうえもん》も、由比進と一緒だ。

　そうなると、屋敷には、寒九郎と草間大介の二人しかいない。中間小者に鉤手組と立ち合わせるわけにはいかない。

　寒九郎は切羽《せっぱ》詰まった。

　なんとしても、レラが心配だった。どうしても、レラの死が信じられない。すぐにでもツガルに飛んで帰りたい。だが、そうしたら、屋敷はがらがらになる。

　由比進に話をし、叔母上を守る手立てを考えるしかない。由比進も寒九郎がいなくなると、安心して登城出来なくなるだろう。やはり、由比進も母の早苗を守るのは自分だと考えているだろう。

　他人に叔母上を守ってもらうのには、不安がある。万が一の場合、叔母の生き死にがかかる事件が起こったら、その場にいなかったことを一生悔《く》いることになる。

草間大介が寒九郎の前に座った。

「寒九郎様、それがしがツガルに戻りましょう。戻ってレラ姫様や安日皇子様の安否をこの目で確かめます。それがし、まだ信じられません。寒九郎様は江戸に残り、早苗様をお守りください。万が一、寒九郎様がツガルに戻った時に鉤手組に襲われたら、おそらく悔いが残りましょう」

「ううむ」

寒九郎はまだ迷っていた。半蔵がいった。

「寒九郎様、拙者も草間大介殿がツガルに行かれるのがいい、と思います」

「どういうことだ？」

「安日皇子様、レラ様を殺されたアラハバキ一族は怒って、安東水軍の全船を十三湊より引き揚げ、二人の御遺体を船に乗せて、夷島に向かっているとのことです。ツガルに行っても、お二人の御遺体を見て確かめることは出来ません」

「確かめるためには、夷島まで渡らねばならぬ、ということか」

寒九郎はがっくりした。

草間大介はいった。

「ともあれ、それがしが、ツガルに行って、何があったのか確かめます。その上で、寒九郎様に報告しますので、それまで、こちらでお待ちください」

「うむ。草間、おぬしに頼むことにする。それがしは、叔母上の身を守ることに専念いたそう」

寒九郎は、そう決心した。これ以上、愛する人を死なせるわけにはいかない。レラを失い、さらに、母とも思う叔母上が殺されたら、と思うだけで気が狂いそうだった。

「ところで、半蔵、江上剛介は、どこにいるというのだ？」

「手下からの報告では、次席家老の大道寺為秀邸を出立《しゅったつ》し、江戸へ向かっているとのことです」

「そうか。江上剛介を捕まえ、レラを斬ったかどうかを確かめることも出来るな」

「それで、本当のことだったら、いかがいたします？」

半蔵が訊いた。

「斬る。安日皇子様、レラの仇《かたき》を討つ」

寒九郎は、静かにいった。

半蔵が止めた。

「田沼意次様は、殺さずに、江上剛介を生きたまま捕らえてほしいと申されています」

「生け捕りにしろ、というのか?」

「はい」

「なぜだ?」

「江上剛介に、誰の命令でやったのか、を証言してもらいます。それを、幕府は天下に公表し、命令した者を処罰したい」

「きっと江上剛介は松平定信の命令でやったと白状するのではないか?」

「そうなれば、松平定信殿への信頼は落ち、天下を握ることが出来なくなるでしょう。田沼意次様は、それを狙っています」

「ううむ」

「さらに、もう一つ。下手人《げしゅにん》をアラハバキ族に渡す」

「江上剛介はどうなるというのだ?」

「あとはアラハバキ族が、どう処断するか、という問題で、幕府は関係ない。彼らは安日皇子様と皇女レラ姫様を殺した下手人として、裁きを下すと思います」

「それで、どうなる?」

「幕府はアラハバキ族と仲直り出来る。再び、田沼意次様は魯西亜との交易や夷島開拓などの北方政策をやり直すことが出来ましょう」

半蔵はいった。

寒九郎は、田沼意次の強《したた》かさに、舌を巻いた。

「では、それがしは、これにて」

半蔵はするりと部屋の戸口から音も立てずに出て行った。

後に残された寒九郎は、草間大介とともに、レラを思った。信じられないが、レラは、もしかして、本当に斬られて死んだのかも知れない、と思いはじめていた。

寒九郎は、大声で泣きたいと思った。

第三章　土蜘蛛《つちぐも》との死闘

一

太い蠟燭《ろうそく》の炎が揺らめいた。それに連れて書院の間に座った三人の影も揺らめいた。

寒九郎は、由比進と大吾郎に半蔵から聞いた話を伝えた。

「鉤手が母上も狙っているというのか？」

由比進は腕組みをし、呻いた。

寒九郎は頭を振った。

「半蔵という忍びは、そう申していたが、本当のことかどうか、まだ分からない」

「いや、半蔵殿の知らせはかなり本当のことが多い。それがしたちも旅先の津軽で、
半蔵殿からツガルの事情を聞いて、だいぶ助かった。至急江戸へ戻れという父上の伝

言を知らせてくれたのも半蔵殿だったからな」

大吾郎もいった。

「寒九郎、おぬしが十三湊を船で出て、秋田の大館《おおだて》に回ったと教えてくれたのも、半蔵殿だった。半蔵殿の話はかなり正確だ」

「そうか。やはり、だめか」

寒九郎はため息をついた。

由比進は大吾郎と顔を見合わせた。

寒九郎は目を瞑った。

安日皇子様とレラが殺されたというのは、やはり本当なのかも知れない。レラが死んだという知らせが嘘であってほしい、と願ったが、もはや叶わぬことなのかも知れない。

津軽の山野を白馬に乗って走り回るレラの姿が目に浮かんだ。レラは、まるで、その名の通り、草原の風だった。

ある時は優しく吹いて、寒九郎の身も心も癒してくれた。ある時は、荒々しく吹き荒れて寒九郎を激しく翻弄《ほんろう》した。いずれもが、寒九郎にはうれしかった。

レラの笑顔が、いつも寒九郎を温かく和ましてくれていた。どんな苦しい時にも、レラがいたから乗り越えることが出来た。

小麦色に日焼けした顔。笑うと形のいい唇の間から見える真っ白い歯。黒目がちの大きな眸《ひとみ》。抱き寄せると快い抱擁感。芳《かぐわ》しいレラの体の匂い。耳に残っているレラの甘い囁き。

愛《いと》しいレラ。

あのレラが死んだ？

そんな馬鹿な。斬られて死ぬなら、おれがレラの代わりに斬られて死んでもいい。レラには生きていてほしい。

レラ。死ぬな。おまえが死んだら、おれは、これから、どうしたらいいのだ？

胸が締め付けられるように痛む。

どこか遠くから呼ぶ声がする。

おい、寒九郎、どうした？　しっかりしろ。

躯が激しく揺さ振られた。

涙の中に由比進と大吾郎の顔があった。

「おい、寒九郎、おまえ、泣いているのか？」

由比進が寒九郎の両肩に手を掛けていた。

「そうか。分かった。おぬし、レラ姫のことを思って泣いているのだな」

脇から大吾郎の泪目《なみだ》の顔が覗いていた。

「寒九郎、泣いていいぞ。レラ姫を思って思い切り泣け。おまえのレラ姫も、それできっと浮かばれる。この世に未練を残さずに極楽に行ける」

大吾郎はぐすりと腕で鼻を啜り上げた。

由比進が大吾郎を抑えた。

「寒九郎、まだ分からんぞ。半蔵殿でも間違うことはあろう。ツガルにいる手下が誤って報告したかも知れない。半蔵殿が確かめたわけではない。だから、草間大介を津軽に出したのだろう？」

「うむ。だが、草間大介に頼まず、それがしが行けばよかった。自分自身がレラの安否を確かめればよかった」

「そうだな。寒九郎、おぬしも津軽へ帰れ。母上は、なんとか、それがしたちが守る」

寒九郎は気を取り直した。レラを悔やんで、泣いたら、少し気が晴れた。寒九郎は涙を拭い、姿勢を正した。

「いや。あい済まぬ。みっともない姿を見せて。由比進、大吾郎、それがしは、津軽に帰らぬ。江戸に残って、おぬしたちと一緒に鉤手たちを迎え討つ。返り討ちにして、叔母上を守り、事の始末をつける」

大吾郎も袖で涙を拭った。

「寒九郎、よくぞいった。それでこそ、寒九郎だ。おれは、おぬしに同情し、つい貰い泣きしてしまったが、寒九郎なら、きっと立ち直ると信じていた」

「大吾郎、ありがとう。おぬしのいう通り、泣いたら、気が楽になった」

由比進も大きくうなずいた。

「寒九郎、おぬしがいてくれれば、それがしも安心して城中に上がれる。それがしは、父上の遺志を継いで、御上と田沼意次様をお助けする。それがしが城に上がり、留守の間、おぬしと大吾郎で、ぜひ、母上を守ってほしい」

「承知した。それがしたちに任せろ」

寒九郎は大吾郎と顔を見合わせた。大吾郎もうなずいた。

「だが、由比進、おれは若党だぞ。おぬしの登城の際、おぬしに付き添う役目だが」

「明日からは、屋敷に残れ。扶持が加増されれば、新しく奉公人を雇うことになる。おぬしを若党頭として、新しく奉公人を選び、取り仕切ってほしい」

大吾郎は座り直して、由比進の前に両手をつき、頭を下げた。

「殿、分かり申した。拙者にお任せあれ」

「止《よ》せ、大吾郎。他人行儀だ。それがしたちだけの時ぐらい、格式や身分を考えず、分け隔てない友達でいよう。三人は同輩の間柄だ。いいな」

「分かった。おれたちは気が置けない仲間でいいんだな。じゃあ、遠慮しない」

大吾郎は笑い、寒九郎に顔を向けた。

三人は互いに顔を見合い、うなずきあった。

二

「意次め、頼みの安日皇子を殺され、相当に参り、音《ね》を上げたであろうな」

松平定信は大目付松平貞親と津軽藩江戸家老大道寺為丞を前にし、愉快そうに笑った。

松平貞親は将棋の駒を指す手付きをしながらいった。

「将棋でいえば、王手《おうて》飛車《ひしゃ》取りをかけたようなものでございますからな」

「これで、意次の目論んだアラハバキ皇国の夢は潰《つい》えたも同然じゃな」

定信は満足気にうなずいた。

大道寺為丞が戯《おど》けて笑った。

「安東水軍を誇った輩も、頭《かしら》を失い、あまつさえ皇女も失い、アラハバキ族を率いる者は一人もおらぬ状態になりました。安東水軍は、尻に帆かけてしゅしゅしゅしゅーと、十三湊から出て行きはじめたとのことです」

「そうかそうか。これで津軽藩も、意次贔屓《びいき》の家老杉山寅之助《すぎやまとらのすけ》たちも、あてが外れて、勢力を失い、またおぬしたちの手に権力が戻るというものだな」

「そうなりましょうな」

大道寺為丞がうなずいた。

「兄者《あにじゃ》によりますと、筆頭家老の津軽親高《ちかたか》が定信様を裏切り、意次と裏で手を握って、アラハバキ皇国が出来たら、そのアラハバキ皇国の交易で上げる利益の三割を貰うという協約を結んでいたと聞きます」

「ははは。津軽親高のやりそうなことだ。わしは、あやつのこと、初めから信用しておらなんだ。今回の失態で、筆頭家老の座は、次席家老の大道寺為秀に譲ることになるのではないか」

「さようでございますな」

大目付の松平貞親が同調した。定信は呻くようにいった。

「さて、厄介なのは家治だな。家治がいる限り、意次はすぐには権力の座から下りることはない。どうしたものか？」

「意次の狙いは、家治様の世継をなんとか、用意することでございます」

「うむ。手をつけた幸という娘だな。腹の子は何ヵ月になる？」

「おそらく四ヵ月ほどかと」

「すると秋の十月には産まれるのか」

「さようでございますな」

貞親はうなずいた。

定信は思案げになった。

「もし、産まれた子が男子だったら、厄介《やっかい》なことになるな」

「そうでございますな」

「世継にするつもりだった家基を若くして亡くした家治のことだ。もし、男子が誕生したら、前以上に世継として、大切に育て上げるだろうな」

「家治様がお元気なまま、正式に男子が後継者となれば、依然、意次は老中のまま権勢を誇ることが出来ましょう」

「それが、意次の狙いか？」

「家治様が政《まつりごと》から身を退き、幼い男子に将軍の座を譲ったら、後見人が必要になりましょう。意次は、家治様の治世のうちに、そのお世継の後見人のお役を得、引き続き、幕政の権力を握ろうという魂胆なのでございます」

「そうか。意次は、安日皇子を失ったいま、最後の賭けに出たな。幸が産む赤子が男子であることに賭けた」

「はい。そのため意次は着々と準備しています。家治様は、正室の倫子様を説得して、幸を正式な側室に上げさせようとしています」

「そうか。正室は皇室からお輿入《こしい》れなさった倫子様だ。倫子様をないがしろにして、幸を側室にしたら、天皇家の機嫌を損《そこ》ねかねない。倫子様が首を縦に振らねば、幸は側室にはなれないからのう」

松平貞親はいった。

「奥女中の話では、家治様は、面と向かって倫子様に、幸の方を側室に上げたいが認めてほしい、と頭を下げたらしいです」

「倫子様は、なんとお答えした?」

「倫子様は、初めはだいぶ渋っていたらしいですが、最後には折れて、幸の方を側室に上げることに同意なさったようです」

「家治め、だいぶ熱心に正室を口説き落としたようだな。まだ男子が産まれるとは決まっていないのに、家治は、よほど幸を気に入ったと見える」

「家治様の側近の話によれば、母の幸《こう》様が夢枕に立ち、幸の方のお腹の子は家基様の生まれ替わりの男の子だ、と告げたそうなのです。だから、家治様は幸の方から男子が産まれると信じ込んだらしいのです」

「ははは。家治は、いつから夢のお告げなどを信じる男になったのかのう。男子か女子かは、神様のみぞ知るだ。まあ、下種《げす》な言い方をすれば、男か女かは丁半博打《ちょうはんばくち》のようなものだな。産まれるまで、男か女のどちらなのか、誰にも分かるものではない」

　定信は腕組みをした。

「産まれた子供が女子だったら何の問題もない。だが、もし、赤子が男子だったら、どうするかだ」

「男子だったら始末しましょう。それが万全の策かと」

　松平貞親が平然と答えた。

「それがしも、さように存じます」

　大道寺為丞もうなずいた。

貞親が訊いた。

「母親の幸の方は、いかがいたします？」

定信は目を閉じた。それから宣告するようにいった。

「幸もだ。子と一緒に始末しよう。そうでないと、また家治の子を孕《はら》むだろうからな」

松平貞親が考えながらいった。

「殿、それならば、産まれた赤子を殺すのではなく、やや子がお腹にいる幸の方を始末する方がいいのではないか、と思いますが」

定信はゆっくりと目を開いた。

「そうだな。たしかに貞親のいう通りだ。十月まで待つ必要はない。まして男子か女子かなど頭を悩ませる必要もない。止むを得ぬ、お腹のやや子もろとも、手っとり早く、幸を始末するのがいいだろう」

「御意のままに」

定信はまた腕組みをし、目を閉じた。松平貞親と大道寺為丞も黙って宙を睨んだ。

しばらくの間、書院の間に重い沈黙が訪れた。蠟燭《ろうそく》の炎の芯が、じじっと音を立てて燃えた。炎に飛び込んだ蛾《が》が燃えて床に落ちた。

定信の声が暗がりに響いた。

「次の問題は誰にやらせるかだ」

「いま屋敷には土蜘蛛がいますが」

「鉤手組か？」

「八田媛の女郎蜘蛛組もおります」

定信は静かに頭を振った。

「土蜘蛛は、どうも信用出来ん。彼らは一度は安日皇子を支持し、アラハバキ族に合流し、安日皇子に忠誠を誓った。にもかかわらず、自分たちがアラハバキ族の実権を握れないと分かると、安日皇子を葬ろうとした。そこで安日皇子を警護していた谺仙之助に成敗された。それを逆恨みし、谺仙之助とその血族への復讐を誓っている。それは筋違いというものだろう。そもそもは自分たちが蒔《ま》いた種だ。それに気付かずにいるのは愚か者だ。愚か者は滅びるしかない。一度味方を裏切った者は、きっとまた裏切るものだ。そんな連中に大事な任務を頼むわけにはいかん」

「分かりました」

貞親は大道寺為丞と顔を見合わせた。

定信は声を低めていった。

「こういうこともあろうかと、すでに津軽に使いを送り、江上剛介に江戸へ戻るように命じた」

「江上剛介を使うのですか？」

「そうだ。おそらく、家治と意次は、腕の立つ者たちを幸の方の警護にあてるだろう。だが、江上剛介なら安日皇子を暗殺した時のように、きっと密命を果たす。信頼出来る侍だ」

「たしかに江上剛介なら信用も出来ますな」

貞親も同意した。

大道寺為丞が戸惑った顔で訊いた。

「では、鉤手や八田媛たちは、いかがいたしましょう？」

「肝心なことは教えず、利用出来るだけ利用すればいい。やつらには絶対に我らの企《き》図《と》を悟られるな。もし、悟られれば、きっと我らを裏切り、相手側に走る。我らを裏切ったら、容赦《ようしゃ》なく始末しろ」

「畏《かしこ》まりました」

大道寺為丞は、顔を強張らせながら、定信に頭を下げた。

松平貞親が定信に向き直った。

「定信様、うまく幸の方を始末しても、意次の野望を封じ込めることは出来ませんぞ。こちらも家治様の後継者を誰にするかを考えておきませんと。次には意次は自分の息がかかった後継者を用意しているかも知れません」

「分かっている。家治の後継をいまのうちに、こちらも探しておかねばなるまいて」

「本当なら定信様が将軍の席に就《つ》いてしかるべきだったのですから。それが意次の深《しん》謀遠慮《ぼうえんりょ》のせいで出来なかった。殿、今度こそ悪辣《あくらつ》な意次を追い落とし、定信様の天下にいたしましょう。定信様ならきっと出来ます。我らはもちろん、幕閣、幕臣の大多数が定信様が御輿《みこし》を上げるのを待っているのです」

松平貞親は定信を慰めるようにいった。

「…………」

定信は心の中で、己れの不遇を託《かこ》っていた。

定信はもともと徳川御三卿の田安《たやす》家の出であった。将軍家に世継がない場合、将軍には御三家か御三卿のなかから将軍候補が出る。定信が不運だったのは、田安家は長兄が田安家を継ぐこととなっていたので、定信は松平定邦《さだくに》家に養子に出されたことだった。この養子縁組は田沼意次の強引な画策によってであった。

その後、まもなく田安家を継ぐはずの長兄が病死した。自分が養子に出なかったならば、当然、長兄の後を継ぎ、自分が田安家の当主になっていた。家治に世継がいないとなると、田安家の自分は、当然に次の将軍候補に挙がっていたはずなのだ。病死した長兄の後には、一橋《ひとつばし》家の治済《はるさだ》の息子の斉匡《なりまさ》が入って継いだ。いま将軍候補として最も有力なのは、一橋家の家斉《いえなり》だ。有力とはいえ、まだ家斉は十代半ばにもならぬ若造だ。田安家を継いだ斉匡《なりまさ》は、その家斉の弟で、さらに稚《いとけな》い子どもだった。

もし、自分が養子に出されず、田安家の当主になっていれば、いまごろは最有力の将軍候補になっていただろう。己れの将軍への道を邪魔したのは、ほかならぬ田沼意次だった。田沼意次に対する恨みは決して忘れない。

こんどこそ、意次の自由にはさせない。意次、待っていろ。おぬしを叩き潰す。覚悟して待て。

三

明徳道場は、いつものように、門弟たちの気合いや床を踏み鳴らして打ち合う竹刀の音に満ちていた。

寒九郎は特別師範として高弟《こうてい》たちに稽古をつけた。

だが、師範や師範代からしきりに稽古仕合いを申し込まれたが、いずれも丁重《ていちょう》に断った。

真正谺一刀流は道場で披露するような見せ物ではない。山野を駆け巡って闘う、生死をかけた実戦そのものの山岳剣法《さんがくけんぽう》だ。

道場での稽古が基本であることは、ほかの流派と変わりはない。道場での基本技を極めることなしに、山岳剣法を習得することは出来ない。

だから、道場での打ち込み稽古や素振《すぶ》りは、他の流派と変わらず、基本中の基本だった。そうした基本の稽古を十分に重ねずに、真正谺一刀流を習得することは出来ない。

寒九郎は、真正谺一刀流を習いたいという門弟たちに、そのことをくりかえし説いた。

もし、本当に真正谺一刀流を習いたいなら、鏡新明智流《きょうしんめいちりゅう》を習得しろ、あるいは起倒流を習得しろ、と門弟たちにいった。そうでなければ、教えないとも。

意地が悪いようだが、鏡新明智流や起倒流を習得出来ないようであれば、さらに荒修行をやらねばならない真正谺一刀流を会得することは出来ない。それは己れがいちばん知っている。

橘左近老師と大門老師との約束で、寒九郎は両方の道場に交互に出ている。そこで、若い門弟たちに稽古をつけながら、剣の才能の芽の持ち主はいないかと探していた。

寒九郎は、若い門弟の打ち込みの相手をしながら、心は津軽に飛んでいた。

いまごろ草間大介は馬を馳せて津軽へ向かっている。

門弟たちとの稽古の最中にも、ふとレラへの思いが湧き起こり、胸元を締め付けた。

そんな時は、寒九郎は一瞬気が抜け、隙だらけになった。すかさず門弟たちが竹刀を面や胴に打ち込み、小気味いい音を立てる。素面《すめん》で胴も付けていないので、その打突の度《たび》に激しい痛みが走り、我に返る。

それがまるで天からのお仕置きのようで、寒九郎には打たれる痛みが快かった。

稽古を終えると、寒九郎は裸になり、道場の外の井戸端で頭から水を被《かぶ》る。汗と疲れを洗い流す。

「寒九郎、久しぶりだな」

寒九郎は、その声に振り返った。

荻生田《おぎゅうだ》一臣《かずおみ》が笑顔で立っていた。その傍《かたわ》らには、中堂劉之進《なかどうりゅうのしん》の姿があった。荻生田と中堂は、由比進と徒党《ととう》を組んでいた悪友たちだった。由比進と同じく、寒九郎よりも一つか二つ年上の先輩だ。

「おぬしも由比進も、偉くなったなあ」と荻生田は笑った。中堂が相槌《あいづち》を打った。

「もう寒九郎なんて呼び捨て出来ないな」

「呼び捨てしてるじゃねえか」

荻生田が中堂の肩を叩いた。中堂も頭を掻いて笑った。

寒九郎は手拭いで裸身の雫《しずく》を拭《ぬぐ》い、褌《ふんどし》を締めた。

「荻生田さんたちだって、昔と違った立派なお役目に就いた武士じゃないですか」

荻生田は馬廻り組、中堂は先手組《さきてぐみ》に配属された、と由比進から聞いている。

荻生田は不満げにいった。

「それがしなんか、まだ親の脛《すね》を齧《かじ》っている部屋住みの身だ。多少、扶持が増えたからといって、嫁の来手《きて》さえない」

中堂が頭を振った。

「それがしも貧乏旗本の小倅《こせがれ》のままだ。おぬしには及びもつかない。寒九郎、若くして真正紛一刀流の開祖だろう？　いまに、どこかの藩から御呼びがかかって、高禄《こうろく》で召し抱えられるぜ」

「そん時には、それがしたちも師範代にでも雇ってくれないか。昔の誼《よしみ》で」

「あ、それがしのことも忘れないでくれ。頼むぞ」

「先輩たちこそ、それがしを敬遠しないでください。真正谺一刀流は、谺一刀流を甦らせただけ。新しく開祖したわけではない」

「そうはいっても、並みの剣の腕では出来ることではないぜ。それがしは、真面目にいって、寒九郎には感服《かんぷく》している」

「それがしも、やはり寒九郎は違う、並みの剣を遣う男ではない、と当初から思っておったぞ」

中堂が慌てたように付け加えた。

寒九郎は話しながら、小袖の帯を締め、着流し姿になった。裁着袴《たっつけばかま》は、道場の控えの間に置いてある。

「ところで、今日は明徳道場に何用で御出《おい》でになったのです?」

「突然に由比進から呼び出された。明徳に来いとな」

荻生田がいった。中堂も同調した。

「それがしもだ。そうしたら寒九郎も来ているって聞いたんで、ここを覗いたんだ」

「由比進に呼ばれた?」

寒九郎は、なんだろう、と思った。

「いや、驚いたぜ。由比進は、いまや石高二千三百石の大身旗本で、将軍家治様の御側衆だ」

荻生田は笑った。

「御側衆の由比進から呼ばれたんだ。来ないわけにはいかん。馬廻り組頭も、日頃の番を外すから、すぐに由比進様のところへ行け、だからな。それがしは、喜んで飛んで来たよ」

「それがしも、組頭から、当番を外すから、由比進様のところに出頭せよ、だからね」

「呼ばれたのは、荻生田さん、中堂さんのお二人だけですか？」

「おいおい、おれたちをさん付けして呼ぶなよ。みんな門弟仲間じゃないか。互いに呼び捨てにしよう」

「はい。分かりました。で、二人だけなんですか？」

荻生田が顔をしかめていった。

「いや、実はな、昔の仲間の佐島重兵衛《さじまじゅうべえ》、黒須俊之介《くろすしゅんのすけ》も呼ばれたんだが、佐島は腹痛、黒須は急に発熱したとかで、出頭を断った」

「なぜ？」

中堂が荻生田に替わっていった。

「佐島の親父《おやじ》も、黒須の親父も、どうやら反田沼意次派で、田沼意次に引き揚げられて御側衆になった由比進のいうことなんぞ聞くなといわれているらしいのだ」

「へえ。そんなこともあるのか」

寒九郎は唇を嚙んだ。反田沼意次の風潮は旗本の世界にも蔓延《まんえん》しているというのか。

「ほかに、昔の喧嘩仲間の大内真兵衛《おおうちしんべえ》、宮原上衛門《みやはらかみえもん》、近藤康吉《こんどうこうきち》にも声がかかったらしいが、三人とも何か言い訳をして、来ないと返事があったそうだ」

「彼らも反田沼派なのか？」

「いやどうかな。単なる面子《めんつ》の問題じゃないか」

「面子？」

「そう。大内なんかは、親父の威光《いこう》を笠に着て、それがしたちを下に見ていた。その由比進が二千三百石取りになった。さらに上様の御側衆である由比進の下に入って働くのは、かつての自分を考えると承服《しょうふく》出来ん。そのお誘い、御免蒙《ごめんこうむ》るということらしい。あいかわらず、傲慢《ごうまん》な大内らしいが」

中堂は冷ややかにいい、くすくす笑った。

「それで荻生田殿、中堂殿は、由比進に何をいわれたのだ？」

「それがしたちか？」

荻生田はにやっと笑った。

「ふたりとも、いまのお役を替わり、由比進の下で警護役を務めることになった」

「さすが由比進は友達だ。由比進の下で警護役を引き受けたら、二百石ずつ加増してくれると約束してくれた」

「二百石もだぞ。これで、それがしは、部屋住みの悲哀を味わわずに済む。嫁も貰える」

中堂がうれしそうに胸を張った。寒九郎は訝《いぶか》った。

「警護役といっても、何をするのか、事情を聞いたか？」

「小姓組番衆のようなものだろう？　由比進の指揮の下《もと》、田沼意次様、由比進、場合によっては、御上を守ることもあるらしい。それがしにとって、これは出世の機会かも知れない」

「由比進は、おぬしも、いずれ、警護組に入るだろうといっていた。おぬしが、仲間に入れば、百人力、いや千人を味方に付けたも同然だ」

寒九郎は笑いながらいった。

「それがしは旗本でも御家人でもない。扶持もないし、役職も官位もない。事実上、無職の素浪人《すろうにん》だ。城中に出入りも出来ん。だから、一緒に働くことは難しい」

「そうか。残念だな」

「城中には、一緒に上がれないかも知れないが、城外ではいいだろう？　いつでもいいから、我々のところに遊びに来い。昔の誼《よしみ》で、歓迎しよう」

荻生田は寒九郎に笑いかけた。

「そうだぜ。おれたちはいまも仲間同士だ」

中堂も寒九郎にいい、寒九郎の肩を叩いた。

「ありがとう。仲間扱いしてくれて」

寒九郎は礼をいい、荻生田と中堂を見回した。かつては、仲間ではなく、激しく啀《いが》み合っていたと思ったが、すべてが水に流れ、解消される思いがした。

寒九郎は、由比進が何を考えて、昔の仲間を集めようとしているのか、薄々分かった。

若年寄の田沼意知は、小姓組の近侍に、白昼堂々と殿中において殺された。事件の背後には、松平定信の影がちらついている。いまや、反田沼意次の勢力は、どこまで浸透しているのか分からない。

家治様や田沼意次様の周辺にも、きっと反田沼意次の刺客が浸透している。それに対する小姓組番衆や御納戸組などは、顔も人物も知らないので信用出来ない。

それよりも、顔が分かり、信用が出来る仲間が家治様や田沼意次様の周辺におれば、いざという時に役に立つ。由比進は、そう思って、気心も知れている仲間を集めて警護組を作ろうとしているのだ、と寒九郎は思うのだった。

四

松平定信は書院の間で、書見台の前に座り、久しぶりに論語《ろんご》を繙《ひもと》いていた。燭台の蠟燭の炎が論語の文字を暗がりに浮かび上がらせている。

若いころより、くりかえし、暗誦《あんしよう》出来るほどに読んで来たはずだが、いま改めて読み返しても、新鮮な発見がある。君主としての心構えや覚悟を考えさせられる。

子曰《しいわ》く、知者《ちしや》は惑《まど》わず、仁者《じんしや》は憂《うれ》えず、勇者は懼《おそ》れず。

子曰《しいわ》く、君子は言を以《もつ》て人を挙げず、人を以て言を廃《はい》せず。

子貢《しこう》、問うて曰く、一言《いちげん》にして以て終身これを行なうべきものあるか。子曰く、其れ恕《じよ》か。己れの欲せざる所は人に施すことなかれ。

子曰く、巧言《こうげん》は徳を乱る。小《しょう》を忍ばざれば、則《すなわ》ち大謀《たいぼう》を乱る。

稚いころは、深い意味も分からずに、ただ文字面《づら》だけを追って音読したものだった。いまになって、読み返すと一語一句が胸に突き刺さって来る。人生の折々のことが思い出され、悔恨《かいこん》と反省に心が苛《さいな》まれる。

『巧言令色、鮮《すくな》いかな仁《じん》』

なんの責任も取らず、口当たりのいい言葉だけを並べる為政者がいるが、そういう輩は心が腐敗している。まさしく、意次ではないか。

襖の外から声が聞こえた。

「殿、陣佐衛門にございます」

「うむ。入れ」

定信は書物を閉じ、振り返った。

蠟燭の明かりに、目付の木村陣佐衛門が照らされた。木村は襖を静かに閉じると、その場に平伏した。

「ご報告したいことが」

「うむ。もっと近こうに寄れ。話が遠い」

「では、失礼いたします」

木村陣佐衛門は膝行《しっこう》し、定信の前に進み出た。

「何事か？」

「遺憾《いかん》ながら、幸の方の行方が分からぬようになりました」

「なに、幸の方は大奥にいるのではないのか？」

「それが、いまは姿を消し、所在が分からなくなっております」

「どういうことなのだ？　常時、監視の目を付けてあったのではないのか」

「大奥の中までは、それがしたち男の目は、なかなか届かず、外への出入りを調べるぐらいでございます。そのため、奥女中など腰元の何人かに協力してもらって、密かに寝所《しんじょ》まで調べたのですが、お姿は見当たらないとのことにございます」

「いったい、どういうことなのだ？　忽然《こつぜん》と煙のように消えたと申すのか」

「はい。残念ながら。その後、分かったことがいくつかございます」

「申せ」

「幸の方付きの腰元三人が、あいついで暇《いとま》を取っています。そのうちの一人、絹という腰元が幸の方と親しかったそうですが、姿が見えません」

「実家に戻ったのでは？」

「調べましたところ、実家である日本橋の商家越後屋《えちごや》に、絹は戻っておりませんでした」

「他の腰元たちは？」

「みな、突然に幸の方から暇《ひま》を言い渡されたといい、やはり幸の方がどこにいるかは知らないとのことでした」

「ううむ。どういうことだ」

「ただ、思い当たることが一つあります」

「何か？」

「一月《ひとつき》ほど前に、幸の方は安産祈願のため、腰元や供侍数人と上野寛永寺にお参りに上がったことがありました。それがしの手の者たちが行列を尾行したのですが、何事もなく城中にお戻りになられたことがありました。いま思うと、どうやら、その時にまんまと籠抜《かごぬ》けされたのではなかろうか、と思います」

「誰がやったのだ？」

「分かりませぬ」

「籠抜けされた後、幸の方は誰かに連れ出されたのだろう？　寺の者や近所の者が見ているのではないのか？」

「調べさせましたところ、その日、女乗物の駕籠舁《か》きをしたという小者を見付けました。その小者によると、寛永寺の裏手で待つようにいわれ、待っていたら、裏口から高貴な女御と腰元らしい女が現われ、女御が駕籠に乗せられた。それから裏通りを伝い、大川の船着場に出た。そこに屋根船一艘と猪牙舟一艘が待っていて、女御たちは屋根船に乗せられたとのことでした」

「それから？」

「駕籠舁きたちは、侍から見たことをいうなと口止めされ、その報酬をたんまりと貰ったそうです」

「船は、川上へ上ったのか、川下へ下ったのかは？」

「駕籠舁きは、船がどこへ行ったか、覚えていないそうなのです」

定信は唸った。

船が大川を下れば、江戸湾の海に出る。川上に上れば隅田川の流域、対岸の深川に渡ったのか？　行き先はいくらでもある。

「侍たちは何人だ？」

「三、四人と申していました。屋根船に二人、猪牙舟に二人だったのではないかと」

「服装や人相は？」

「格好は小袖、裁着袴。頭らしい男は凜とした、男前の侍だったとのこと。ほかの侍たちについては覚えていないと申していました」

「人相描きは出来そうか？」

「頭の男については、出来そうです。いま絵師にやらせています」

屋根船も猪牙舟も数が多い。だが、屋根船と猪牙舟を動かすには、船頭が必要だ。幸の方たちを運んだ屋根船や猪牙舟の船頭を捕まえれば、行き先が分かる。

「船頭にはあたっているのか？」

「配下の者を総動員して船頭たちに聞き込んでいるのですが、なにしろ、船頭の人数が多いことと、船頭たちの口が固くて話が聞けません。だいぶ口止め料がばらまかれているようでして」

「カネが使われたか。やはり、意次たちの仕業だな」

定信はため息をついた。

人はカネに弱い。カネのためなら何でもする。人を殺めることもやりかねない。それだけ、民は暮らしが貧しいからなのだろうか？

いや、金持ちは、貧乏人以上にカネに執着する。貪欲にカネ儲けを考える。カネ儲けのためなら、人を騙し、脅し、賄賂《わいろ》を贈る。カネで人の暮らしを壊しても平気だ。

あくまで自分の利益を求め、カネで政も曲げかねない。

結局、貧乏人も金持ちも、心が貧しいのだ。人のことなど思い至らない。相手の境遇を想像する気持ちもない。

貧しい者は貧しさから逃れられず、富んだ者はますます金持ちになっていく。

それをよしとする金権腐敗の政。なんという世の中なのだ。

こんな時世を創ったのは、金権政治を推し進める田沼意次だ。なんとしても、この人を人と思わぬカネがすべての風潮を打破し、質素倹約を旨《むね》とした清潔な政に改めねばならない。民の幸せのためにも、国のためにも。

それには、人の上に立つ者が姿勢を正し、率先《そっせん》して清貧《せいひん》の暮らしに甘んじる、世の民に模範となるような生活をしなければならない。

民には論語の教えを広めるとともに、上に立つ者は論語の教えを実践せねばならない。そうでなければ……。

「殿、いかがなされましたか？」

目付木村陣佐衛門の声に、定信は物思いから、はっと我に返った。

「うむ。木村か。まだそこにおったか」

「はっ」

木村陣佐衛門は怪訝な顔で定信を見つめた。

「なんとしても、幸の方の行方を探せ。どこかに意次が用意した隠れ家がある。おぬしたち、目付の面目にかけても、総力を挙げて探索しろ」

「心得ました」

木村陣佐衛門は、定信に頭を下げ、引き下がった。

定信は書見台に向かい、再び、論語の世界に戻って行った。

どこかで、フクロウの低く鳴く声が聞こえた。

五

津軽十三湊は穏やかな陽光に照らされていた。

十三湖には小波もなく、鏡のように平らに静まり返っている。

湊《みなと》の沖には、三本帆柱の異国船が停泊していた。帆柱に魯西亜の横三色旗が垂れている。

赤ら顔に太い腕をした水夫たちが、船縁《ふなべり》の手摺《てす》りに寄り掛かり、煙草《たばこ》の煙を吹かしながら、下を通りかかる渡し船を興味深そうに見下ろしていた。

草間大介は渡し船の舳先《へさき》に立ち、図体《ずうたい》の大きな異国船の威容《いよう》に、いまさらながらに驚き、見上げていた。

いずれ、我が国も、こうした異国船のような大船を持ち、海洋へと出て行くのだろう、と思うと心が躍った。

湊の桟橋には、何隻もの北前船が横付けし、沖仲仕《おきなかし》たちが積み荷の作業をしていた。異国船は、その北前船よりも倍以上船体が大きい。

以前と違うのは、アラハバキの旗を掲げた安東水軍の船の姿がなくなっていたことだ。

草間大介は船から桟橋に降り立った。

桟橋の出入口に、幕府の役人の姿はなかった。柵の扉は開かれたままで、湊町への出入りは自由になっていた。

草間大介は、怪訝な思いをしながら開き放たれた柵の門を抜けた。役人たちがいた役所は焼き討ちされて、黒々とした残骸《ざんがい》を曝《さら》していた。

それでも、北前船の荷物を積み入れする倉庫群は以前のままで、人夫《にんぷ》たちが忙しく立ち働いている。

十三湊の町並みは、ほとんど変わらない。だが、ところどころに打ち壊された跡が見えた。安日皇子が暗殺されたのを怒ったアラハバキの男たちが幕府の役人たちと衝突した痕跡《こんせき》だった。

町の中程に建てられようとしていたアラハバキ皇国の政庁の建物も、土台だけを残して焼け落ちていた。

十三湊町の大通りは、ほとんどの店が閉まり、人の姿もなく閑散《かんさん》としていた。以前の賑《にぎ》わいが、まるで嘘のようで、草間は愕然《がくぜん》とするばかりだった。

草間がほっとしたのは、廻船宿街はやはり人気《ひとけ》はないものの、以前のままの佇《たたず》まいだったことだ。

草間は廻船宿丸亀の暖簾《のれん》を潜った。廻船宿丸亀は、以前安日皇子の宿舎となっていた宿であり、安日皇子とレラ姫が、江上剛介に斬られた現場だった。

「お頼み申す」

「いらっしゃいませ。お泊まりでございますか」

草間は迎えに出て来た番頭の若い男に名乗り、主人の亀岡伝兵衛《でんべえ》に取り次いでほしい、と告げた。

「少々お待ちください」

番頭は下女に足洗いの湯桶を持って来るように指示して、廊下の奥に消えた。

草間は草鞋《わらじ》を脱ぎ、下女に足の汚れを洗い落としてもらった。ややあって、廊下の奥から慌ただしく亀岡伝兵衛が現われた。

「これはこれは、草間様、はるばる遠いところを、ようこそお越しくださいました」

伝兵衛は廊下の床に正座し、草間を迎えた。

「さぞ、お疲れのことでしょう。さあさ、お上がりになってください。お部屋にご案内いたします」

「かたじけない。失礼いたす」

草間は伝兵衛の後に従い、式台《しきだい》に上がった。さっそくに階段を上がり、二階の部屋へと案内される。

安日皇子が泊まった奥の部屋は、すでにきれいに掃除された様子だった。いまは、部屋に白い菊の花が飾られ、使われていない。

案内された部屋は、十三湖が窓から見渡せる六畳間だった。

草間は部屋に入ると、旅装を解く間《ま》も惜しんで、伝兵衛に尋《たず》ねた。

「それがし、寒九郎様の名代《みょうだい》として参った。公儀隠密の半蔵殿から、安日皇子様、レラ様が暗殺された、という報を受け、その真偽を確かめるために、駆け付けた次第だ。さっそくにお聞きしたい。安日皇子様、レラ様、ともに斬られてお亡くなりになったのか？」

亀岡伝兵衛の顔が歪んだ。

「まことに残念なことに、真実のことです。お二人は、あいついでお亡くなりになりました」

「まことのことであったか」

草間はがっくりと肩を落とした。レラ様を思う寒九郎様の気持ちを察すると、心が萎《な》えた。

「あいついでと申されると、安日皇子様かレラ様のどちらかは、亡くなる前に、少しは話が出来たということでござろうか」

「はい。安日皇子様は、ほぼ即死でございました。レラ様は瀕死の状態で何日か生きておられたが、手当ての甲斐もなく、眠るようにしてお亡くなりになったとのことです」

「さようでござったか」

「レラ様は最期の最期、息を引き取る寸前まで、寒九郎様の名を呼んでいたとのことでした」

「さようでござったか」

草間は、そう呟くだけで、言葉もなかった。

「伝兵衛殿は、レラ様が息を引き取る場にいらしたのでござるか？」

「いえ。おりませなんだ。安日皇子様の御遺体と、瀕死のレラ様は、折から駆け付けた灘仁衛門様に引き取られ、安東水軍の船に乗せられて、ひとまず津軽の追い浜の村に送られた。レラ様は、そこで灘仁衛門様たちに見取られて亡くなられたのです」

「さようか。では、レラ様と安日皇子様の御遺体は？」

「夷島のアラハバキの聖地《せいち》に、船でお戻りになられました。夷島では、安日皇子様の奥方様で、レラ様の祖母である沙羅《さら》様がお迎えされ、盛大な葬儀が執り行なわれたと聞いております」

草間はうな垂れ、寒九郎の心中を思った。

寒九郎様には、なんとお伝えしたらいいのか。レラ姫が寒九郎様に未練を残して去ったことを、そのまま伝えるしかないが、どうにも気持ちが重かった。

「どうして、寒九郎様は、こちらにいらっしゃらないのでしょうか？」

「本当なら、それがしではなく、寒九郎様ご自身がこちらにいらっしゃると申されていたのですが、恩ある叔母の早苗様が鉤手たちに狙われていると知り、早苗様をお守りすることを決意なさった。寒九郎様は、レラ様が死んだという半蔵殿の知らせを信じられなかったのです。何かの間違いだと。それで、それがしが真偽を確かめるため、寒九郎様の代理として参ったわけでござる」

「さようでございましたか。寒九郎様は、レラ様の死に目にも会えず、ほんとうにお気の毒なことにございます。レラ様が生きておられたら、幸せな、いいご夫婦になられたでしょうに」

伝兵衛は哀しげに頭を振った。

「ところで、安日皇子様、レラ様を斬った刺客は江上剛介だということも、真実でござろうな」

「はい。真実です。江上剛介本人が、安日皇子様を斬る前に、『松平定信の家臣江上剛介でござる』と名乗っておりました。そして、定信の伝言を申し上げるといい、『死ね』と叫んで安日皇子様を斬ったのです。私も、その場に居て、たしかにこの耳で聞きました」

草間は「死ね」という江上剛介の言葉に戦慄《せんりつ》した。刺客は普通、そのような言葉を叫ばない。死ねという言葉には、頼むから死んでほしいという切なる願いが入っている。そこには、出来ることなら、斬りたくないという気持ちが見え隠れしている。おそらく、江上剛介は斬る時に何か逡巡《しゅんじゅん》していたと草間は思った。

「その時、レラ姫様は？」

「江上剛介が、刀で安日皇子様に止《とど》めを刺そうとした時、レラ様が江上の前に飛び込み、安日皇子様の躯をご自身の躯で掩《おお》ったのです。そのため、江上の刀は、レラ様を貫いた。ついで、江上は、刀で応戦しようとしたレラ様を、横殴りするように刀で斬ったのです」

草間は頭の中で凄惨《せいさん》な殺傷の光景を思い描いた。レラ姫は、江上剛介に一太刀も返せず、さぞ無念だったろう、と思った。

しばらくの間、草間は沈黙し、レラ姫の霊に祈った。伝兵衛も黙り、黙禱《もくとう》していた。

草間は伝兵衛に尋ねた。

「ところで、灘仁衛門殿は夷島から、こちらに戻られたのでござろうか？」

「はい。お戻りになり、先程お話ししたレラ様の最期を看取ったことをお聞きしたのです」

「いまは、どちらに？」

「北の追い浜のエミシ村におられると思います。村には身重の奥様がおられるので」

そうだった、と草間は思い出した。灘仁衛門の連れ合いの香奈は、やや子をお腹に宿しており、今年夏にも、出産する見込みだった。

一つの命が失われると、新しい命がまた一つ誕生する。

それが世の習いとはいえ、生きている者にとって愛する者を失うことは、身を切られるように切ないものだな、と草間は思うのだった。

六

夜が次第に更《ふ》け、屋敷の中の人の動く気配も無くなった。空には分厚い雲がかかり、雲間から見え隠れする月の光は朧《おぼろ》げだった。

寒九郎は寝床に就いても、悶々《もんもん》と思い悩み、なかなか寝付けなかった。

今夜も由比進は城中に上がり、家治様の側衆の一人として、御用部屋に詰めている。由比進は新人のため、先輩の御側衆よりも頻繁に登城し、執務も多いらしい。

由比進の留守の日々が続くので、寒九郎と大吾郎は、毎夜交代で不寝番《ふしんばん》になり、警戒を怠《おこた》らずにいた。いつ何時、鉤手たちが襲って来るかが分からないので、一瞬も気が抜けない。今夜は、大吾郎が不寝番に立っている。

寒九郎は、もし、己れが鉤手だったら、と考え、自分が襲うなら、夜、それも、みんなが寝静まった夜更けだと想定した。出来れば、由比進がいない夜が望ましい。

鉤手は、寒九郎や大吾郎だけでなく、由比進もかなりの剣の遣い手であることを知っている。加えて、若侍の熊谷主水介、陣内長衛門もいる。

さらに由比進が二千三百石取りになったこともあり、供侍が三人増えた。高槻《たかつき》、大舘《おおだて》、渡利《わたり》の三侍だ。

供侍たちは、みな通《かよ》いで屋敷には常駐していないが、いまは非常時ということもあり、鉤手の襲撃に備えて、交代で常時一人が控えの間に泊まっている。今夜は高槻玄間《げんま》という中年の侍が控えていた。

高槻玄間は心形刀流《しんぎょうとうりゅう》を少々といって謙遜していたが、その腕前のほどは分からない。

意次の供侍をしていたことがあり、意次の勧めもあって由比進は高槻を供侍にすることを決めた。

新しく長屋も造られ、新しい武家奉公人の家族も入った。新しい若党の光安主水《みつやすもんど》は、やはり中年で見るからに温厚な人柄の男だった。

光安主水は御新造のお鈴《すず》と二人暮らし。以前は地方の藩の武家に奉公していたが、その武家が死んでしまい、暇を出されたという。奉公先を探していたが、なかなか見つからず、先行きを悲観して、心中も考えたという話であった。

若党頭の大吾郎は、ひどく光安夫婦に同情し、由比進に光安主水を奉公人として雇うように推薦した。由比進は大吾郎のいうことを信じ、若党として光安主水を雇うことにした。

御新造のお鈴は、子供がいないせいか、歳の割りに若く見え、たちまち、早苗やおくにに気に入られた。お鈴は賄《まかな》い婦として、おくにやミネとともに台所で働くようになった。

光安主水は、武芸は不得手《ふえて》ということで、算盤《そろばん》などに秀《ひい》でていると自称した。大吾郎は、武田家の勘定方として役立つのではないか、と見ていた。

光安主水は、鉤手との争いになった時、あてには出来ない、と寒九郎は覚悟した。

由比進は御側衆になるにあたり、御上から身を固めるようにいわれ、西辺《にしべ》家の綾《あや》を娶ることを決めた。

綾は明徳道場の門弟たちに評判の美形な娘だったが、気位《きぐらい》が高く、仲人《なこうど》が用意したさまざまな見合いの相手を振った。そのために、婚期を逃して、いまのいままで独り身だった。

綾が心密かに寒九郎に思いを寄せていたことを、寒九郎も薄々分かっていた。だが、寒九郎にはお幸という許婚がいたこともあり、綾は寒九郎を諦めた。その代わり、由比進に思いを寄せるようになっていた。

父親の西辺猪右衛門《いえもん》は、早くから綾を由比進と結び付けたいと画策していたのだが、綾は父の魂胆《こんたん》が、田沼意次と近しい間柄にある武田家と縁を結び、出世の糸口にしたいと思っていることを察知していて、首を縦に振らなかった。

ところが、田沼意知、武田作之介が相次《あいつ》いで殺され、田沼意次の権勢に陰りが生じたとなると、西辺猪右衛門は掌《てのひら》を返したように武田家と疎遠になった。

それを見た綾は、死んだ武田作之介の上司で、由比進の後見人でもある小姓組番頭大野興左衛門《おおのこうざえもん》に仲人に頼み、由比進との婚儀を薦めるように取り計らってもらった。

由比進も、昔から綾を憎からず思っていたので、話はとんとん拍子に進み、西辺猪右衛門も断りきれなくなった。由比進の話では、家治様が直々に西辺猪右衛門を呼び出し、由比進と綾の婚姻はいつか、とお訊きになったことが西辺猪右衛門を驚かせたらしい。

めでたく両家は、先日結納《ゆいのう》を交わし、夏の終わりには祝言《しゅうげん》を挙げることが決まった。もともと、叔母の早苗は綾を自分の娘のように可愛がっていたので、喜びも一方《ひとかた》ならずだった。寒九郎も母の菊恵そっくりの叔母の喜ぶ姿に、そっと胸を撫で下ろしていた。

天井の梁《はり》がぎしっと軋《きし》む音が聞こえた。

忍びか？

寒九郎は素早く寝床から転がり出て、刀架けの大刀に手をかけた。暗闇の中、天井の気配に耳を澄ました。物音はそれだけでしんと静まり返っている。

寒九郎は忍び足で廊下の襖の前に立った。廊下にも人の気配がする。すでに何者かが家の中に侵入していると判じた。

暗闇に目を凝らしながら、音が立たないように、静かに襖に手を掛けた。

「出合え出合え。曲者だ！」

大吾郎の声が響いた。同時に刀と刀が打ち合う音が聞こえた。

敵はまんまと罠《わな》にかかった。

寒九郎はほくそ笑んだ。

屋敷の母屋《おもや》には、玄関から母屋を貫くように、長い廊下が真直ぐ走っている。

廊下の左側は庭に面していて雨戸が閉《た》てられている。廊下の右側には、手前から順に、控えの間、客間、子ども時代の由比進と元次郎兄弟の寝所だった部屋があり、さらに作之介の書院の間、夫婦の間と続き、最後に納戸の布団部屋が並んでいた。

突き当たりを左に折れれば、渡り廊下になる。渡り廊下は左に折れ、離れに繋がっている。いまは姑《しゅうとめ》の将子の隠居部屋だ。

突き当たりを右に曲がれば、別棟に繋がっている。別棟には台所や風呂、女中部屋、下女たちの部屋がある。別棟に並行して、もう一棟、平屋があり、若侍の控えの間や客間があった。

今夜も早苗の寝所には誰も寝ていない。敷かれた布団は空《から》で、早苗は寝所に寝るふりをして抜け出し、女中部屋で女中のおさきと過ごしていた。

寝所の隣の納戸には不寝番の大吾郎が刀を抱えて潜んでおり、早苗の部屋を見張っていた。そこへまんまと敵は押し入って来たのだ。

「出合え、出合え」

大吾郎の鋭い大音声《だいおんじょう》に、早くも別棟にいる若侍熊谷主水介が大声で応じ、駆け付ける気配があった。続いて陣内長衛門の声もあった。

「拙者がお相手いたす！」

寒九郎も大音声で怒鳴り、襖をがらりと引き開けた。どたどたと床を踏み鳴らして、音を立てて、早苗の寝所に駆けた。

二人の影が大吾郎と斬り結びながら、寝所から出て来た。

廊下の暗闇に黒い影数人が蹲《うずくま》っていた。

「寒九郎、参上《さんじょう》！」

寒九郎は怒鳴りながら駆け付けた。

蹲っていた黒い影たちは、寒九郎の声に一斉に抜刀して立ち上がった。

殺る気だ。

寒九郎は闇の中に強烈な殺気を受け、一瞬足を止めた。刀を青眼に構えた。

キエエーイ！

黒い影たちは一列になり、寒九郎に突進して来る。影たちは廊下を走りながら、次から次に寒九郎に斬りかかる。

寒九郎は襲いかかる影の刀を刀で打ち払うが、すぐ次の影に替わって斬りかかって来るので、息つく暇もない。

影たちは寒九郎に斬りかかり、走り抜けると、すぐに向きを変え、また寒九郎に突進して斬り付ける。

寒九郎は狭い廊下は不利と見て、廊下の雨戸を蹴破って庭に飛び出した。

黒い影たちも、一斉に庭に走り出た。

雲間から月光が庭に差し込み、影たちを照らした。

庭先からも黒装束の人影が地面から湧き出すように現われ、無言のまま、寒九郎と大吾郎を取り囲んだ。だが、襲って来ない。

「寒九郎、気をつけろ！　やつら、何か企《たくら》んでおる」

大吾郎が怒鳴った。

屋根の上から、一斉に弓の弦を弾く音が聞こえた。一瞬遅れて矢羽《やばね》が空を切る音が響く。

「矢だ！　隠れろ」

寒九郎は思わず叫びながら、刀を地面に突き立て、廊下から外れて倒れていた雨戸をその場に立てた。大吾郎が戸板の陰に身を投げて飛び込んだ。

間一髪《かんいっぱつ》、戸板を激しく叩く音が響いた。

戸板に無数の短矢が突き刺さっていた。

屋根の上に蹲った影たちが、短弓に矢を番《つが》えている。庭先の築地塀の上にも短弓を抱えた人影が蹲っていた。

「熊谷、来るな。毒矢だ」

寒九郎は庭先に駆け付けた熊谷主水介たちに怒鳴った。熊谷たちは、一瞬築地塀の上に蹲った人影を見て、足を止めた。

大吾郎がもう一枚の戸板を持ち上げ、寒九郎の傍に立てた。

「来るぞ。大吾郎」

寒九郎は怒鳴った。

暗い空から無数の矢が襲いかかって来た。寒九郎と大吾郎は戸板を盾《たて》に身を隠した。

無数の短矢が戸板にぶすぶすと音を立てて突き刺さった。矢尻が板を突き抜けている。

短矢の雨が降り止むと同時に、二人を囲んだ黒装束たちが、一斉に斬り込んで来た。

「おのれ。卑怯《ひきょう》な」

寒九郎は戸板を倒し、地べたに突き刺した刀を引き抜き、斬りかかって来た影を斬り払った。次の影も下から斬り上げた。

大吾郎も斬り込んで来た一人を斬り払っていた。

「退《ひ》け」

鋭い声が響いた。影たちは一斉に後退した。

「大吾郎、矢が来るぞ」

寒九郎は戸板を片手で起こし、盾にした。

大吾郎も慌てて戸板を起こし、身を隠そうとした。

再び、無数の短矢が空を切って飛翔した。短矢は戸板に突き刺さり、矢尻が板を突き抜けていた。

「かかれ！」

また号令がかかった。

退いていた影たちが、白刃をきらめかせて、再び寒九郎と大吾郎に襲いかかった。

寒九郎は大刀を風車のごとく振り回し、影たちを薙《な》ぎ倒した。ふと大吾郎を見ると、大吾郎は戸板を左手で立て、右手で必死に防戦している。

寒九郎は襲いかかる何人かを斬り払い、大吾郎を背に庇った。

「どうした、大吾郎」

「なんのこれしき」

大吾郎はひとしきり、影たちを薙ぎ倒すと、刀を地面に突き刺して、軀を支えた。

大吾郎は太股に矢を受けていた。

「大吾郎、動くな、じっとしていろ。動けば毒が回る」

寒九郎は大吾郎の脚に屈《かが》み込み、刀の下緒を引き抜くと、大吾郎の脚の付根付近をきりりと縛った。血の巡りを止めれば、毒が軀を回るのを止めることが出来る。

「寒九郎殿、大吾郎殿、助けに参りましたぞ」

熊谷の声が聞こえた。

見ると、彼らは雨避けのように、一枚の戸板を頭に載せ、矢衾《やぶすま》の矢を避けながら、こちらに駆けて来る。

「テッ」

その号令に合わせ、また無数の短矢が弓弦《ゆみづる》を放たれ、上空に上がり、急転直下、勢いを増して、寒九郎たちの頭上の戸板に降り注いだ。戸板を叩き、何十本もの短矢が突き刺さる。

「………」

今度は、陣内長衛門、ついで熊谷主水介も戸板の間を抜けて飛び込んだ矢に脚を射たれた。

戸板の陰で、寒九郎は二人の刀の下緒を解き、それぞれの脚の付根を縛った。毒が全身に回ると軀が麻痺《まひ》して動きが鈍くなる。

このままでいたら、じり貧になる。寒九郎は決心した。次に弓射が終わった時が、反撃の最後の機会だ。

「かかれ」

築山の頂上の影法師が号令をかけると、ぴたりと弓射が止まった。周囲にいた影法師たちが一斉に刀を振りかざして、斬り込んで来る。寒九郎たちが必死に刀を払って斬り返しても、黒装束の攻撃は止まらない。

熊谷も陣内も高槻も、押し寄せる黒装束たちの勢いに押されて、防戦一方だった。

「退け」

また築山から低い声で号令がかかり、黒装束たちが周囲から一斉に退きはじめた。

「こいつらに離れずに追え。こいつらを盾にすれば矢は射てない」

寒九郎は熊谷と高槻に怒鳴り、自らも黒装束たちの真後ろについて追った。高槻はすぐに寒九郎の言葉に反応し、黒装束たちに紛《まぎ》れて走った。

熊谷と陣内も、矢で射《う》たれた脚を引きずりながら、必死に黒装束の後を追った。

寒九郎たちが、影法師たちに密着するように追っているので、屋根に登った影法師たちは、矢が射てなくなっていた。射てば味方に当たるかも知れない。

敵の弓射は止まった。

寒九郎は影法師たちの背後に付き、築山の上に駆け登った。

雲間から差し込んだ月光が築山の頂上の岩場を明るく照らした。築山の松の根元に、頭《かしら》らしい大男の影法師が腕組みをして立っていた。

寒九郎はすかさず大男の影法師の前に躍り出た。大男の影法師は一瞬たじろいだ。

傍らにいた黒装束の一人が、寒九郎に斬りかかった。寒九郎は黒装束の刀を撥ね上げ、胴を撫で斬りした。黒装束の影法師は、築山から転げ落ちて行った。

「一郎《いちろう》！」

大男の影法師は低く呻いた。

「己れ、寒九郎だな」

「それがしは、寒九郎だ。おぬしは何者だ？　サムライなら、堂々と名を名乗れ」

寒九郎は刀を大男の目の前に突き出した。

いつの間にか戦いは止み、寒九郎と大男が向かい合った築山を遠巻きにしていた。

大男は腕組みをやめ、黒覆面を解いた。

月明かりの中、黒髯を生やした厳《いか》つい顔が現われた。額《ひたい》にくっきりと銅手の刺青があった。陸奥エミシの顔だった。

「土蜘蛛雲霧《くもぎり》一党銅手組頭、雲霧市衛門《いちえもん》」

黒髯の大男は落ち着いた声でいった。

「よくも三郎だけでなく一郎も斬ったな。おかげで、おぬしへの憎しみがさらに増した」

「雲霧市衛門、なぜ、おぬしらは、父上鹿取真之助を斬り、母上菊恵を死に追いやったのだ？　祖父谺仙之助を毒矢で殺め、今度は、叔母上早苗のみならず、由比進の命を狙い、さらに、それがしを消そうとする。いったい、なぜだ？」

「知れたこと。おぬしの祖父谺仙之助が、我が土蜘蛛一族の頭領土雲亜門様をはじめ、土蜘蛛血族の長たちを、谺一刀流によって、ことごとく殺したからだ。血債《けっさい》は血でしか償《つぐな》えない。谺仙之助の犯した大罪は、谺仙之助のみならず、息子や娘、さらには、孫、曾孫《ひまご》の末代までもが背負うべき責任だ。我ら土蜘蛛一族は、おぬしたち谺血族に贖罪《しょくざい》を求め、過去の血債を償ってもらう。谺仙之助の血統を末代まで滅ぼさねば、我が一族の恨みは晴れない」

寒九郎は笑った。

「笑止千万《しょうしせんばん》。祖父谺仙之助が過去に犯した罪を、まったく関係のない子孫に負わせて、責任を取らせるというのか？　それで一族の恨みが晴れるというのか？　なんと情けない一族なんだ？　おぬしらには、過去の遺産しかないのか？　過去の負の遺産に縛られ、前を見ることが出来ないのか？」

寒九郎は周りの黒装束たちにも聞こえるように大声でいった。

「おぬしら、いまからでも遅くはない。過去の遺産をすべて捨て、未来に踏み出せ。それが、土蜘蛛一族を甦らせる道だ。過去の恨みを晴らすだけでは、土蜘蛛一族に未来はないぞ。ただ自滅するだけだぞ。思い直せ」

「黙れ、寒九郎。おぬしの説教なんぞ、聞きたくもないわい。おぬしを斬る。それがしと立ち合え」

雲霧市衛門は腰の大刀をさらりと抜いた。

白刃が月光を浴びて、冷たく光った。

寒九郎は刀を振るい、血糊を振り払った。

「止むを得ぬ。お相手いたす」

寒九郎は築山から下の苔生《こけむ》した岩の上に跳び退いた。

周囲の黒装束たちが一斉に身を引いた。

寒九郎の傍らに、矢に射られた大吾郎、熊谷主水介たちが一塊《ひとかたまり》になって蹲っていた。

築山の大岩の上に立った雲霧市衛門は、大刀を右中段に立てて構えた。

「皆の者、手出し無用。拙者と寒九郎の遺恨《いこん》仕合いだ。邪魔する者は拙者が斬る」

雲霧市衛門はどすの利《き》いた声でいった。周囲の黒装束たちは、身動《みじろ》ぎもせずにいた。

市衛門は寒九郎に怒鳴った。

「出せ、真正谺一刀流」

「おぬしの剣の流儀を聞いておこう」

寒九郎は応えた。

市衛門は嗄れた声でいった。

「土蜘蛛一刀流」

そう答えた途端、市衛門の軀が黒い蜘蛛の影になって、ふわりと宙に飛んだ。そのまま、市衛門の蜘蛛は、寒九郎の上に飛び、大上段から刀を斬り下ろした。

寒九郎は、一瞬早く庭石を蹴って宙に跳んだ。市衛門と宙で擦れ違い様、刀を市衛門の胸に突き入れた。

市衛門は軀を回して、寒九郎の突きを躱《かわ》し、庭石に身軽に着地した。

寒九郎も庭石の一つに飛び乗った。

市衛門も素早く庭石を跳び回り、寒九郎を追い回した。

刀が何度も、寒九郎に横殴りに襲いかかる。その度《たび》に寒九郎も庭石を跳び回って、市衛門の刀から逃れた。

「ほほう。猿のように逃げ回るな。それが真正谺一刀流の流儀か」

市衛門は馬鹿にして笑った。

その間に、寒九郎は池の飛び石を跳び、池の真ん中の岩の上に立った。

「逃げ回った末に池の中か。もう逃げられないぞ」

市衛門は池の畔の大岩の上に飛び乗った。

寒九郎は、市衛門の土蜘蛛流剣法を見極めた。蜘蛛は土がある限り、どこへでも飛び回り、走り回る。だが、蜘蛛は水が苦手《にがて》だ。

寒九郎は雲霧市衛門との間合いを測り、呼吸を整えた。

池の水面に、時折、雲間から顔を出す月の光が映《は》えている。

勝負は一太刀で決める。二の太刀はない。寒九郎は、そう決意した。

市衛門はまた右中段に刀を構えたが、池の飛び石の配列を見て戸惑った。飛び石は、目の前から中央にある石まで、ぎざぎざな稲妻《いなずま》形を作って、飛び飛びに並んでいた。

寒九郎は、月の光がきらめく水面を眺め、池の水深を測った。飛び石が並べられているのは深い池ではないからだ。

市衛門は寒九郎の様子を窺った。

寒九郎は池の中央の石に乗って、右下段後方に刀を構えていた。

これから、寒九郎はどうするつもりなのか？

こちらが飛び石を伝わって寒九郎に斬りかかるのを寒九郎は待っているのか？

それとも、寒九郎の方から、こちらに飛び移ってやって来るというのか？

市衛門は戸惑い、刀を構えたまま、一瞬考え込んだ。

寒九郎は、その一瞬の隙を見逃さなかった。

寒九郎の軀が飛び石伝いに跳び、市衛門に向かって突進した。

市衛門は待っていたとばかりに、刀を中段に構え、寒九郎が岸辺に跳び移って来るのを待った。

寒九郎は市衛門が立つ岸辺に跳び移る寸前、いきなり池に両足から飛び込んだ。やはり思った通り、底は砂利で、足の脛《すね》が隠れるくらいの浅さだった。岸近くは、さらに浅くなる。

寒九郎は足で水を掻き分け、猛然と水しぶきをあげながら突進した。水しぶきは、市衛門の顔を襲った。

市衛門は一瞬顔にかかった水に瞬きした。

その瞬間、寒九郎は刀を一閃させ、下から市衛門を斬り上げた。刀は市衛門の顎を砕いて切り裂いた。血潮がどっと噴き出した。

市衛門も刀を寒九郎に突き入れようと打突したが、刀は寒九郎の脇腹の着物を引き裂いただけだった。

寒九郎は身を躱し、市衛門の心《しん》の臓《ぞう》に止《とど》めを刺した。黒い血潮が胸元からも噴き出し、池の水面に広がった。

市衛門の大柄な体軀は、池の中にどおっと倒れ込んだ。

かった。


寒九郎は残心《ざんしん》した。

黒装束の影法師たちは、身動ぎもせず、押し黙ったまま立ち竦《すく》んでいた。

雲間から顔を出した半月が市衛門の最期を見ていた。しばらく、誰も動こうとしな
寒九郎は残心をやめ、刀を地面に突き刺すと、市衛門の躯を池から抱え起こし、岸辺に引き上げた。市衛門は、すでに息絶えていた。

寒九郎は雲霧市衛門の遺体に合掌した。

ようやく黒装束たちが動き出し、市衛門の周りに集まって来た。

やがて誰がいうともなく、七、八人が雲霧市衛門の遺体を担ぎ上げ、屋敷の裏口へ静々と歩き出した。黒装束たちは、他の遺体を背負ったり、両手両脚を抱えて、撤収を始めた。

そのころになって、恐る恐る顔を出した中間小者や奉公人、下男下女たちが、黒装束たちが引き揚げるのを見送っていた。

寒九郎は、毒矢を射られた大吾郎や熊谷主水介、陣内長衛門を看た。三人とも顔面蒼白《そうはく》になっていた。

早苗やおくに、女中のおさき、ミネたちが一斉に、大吾郎たちに駆け寄った。

「作次《さくじ》、大至急、玄庵《げんあん》先生を御呼びして。深夜だけど、毒矢に射られて死にそうな患者が出たといって」

「へい、奥方様。行ってきやす」

下男の作次は駆け出し、屋敷の門から消えた。

「寒九郎、あなたも、顔や胸に怪我をなさっていますよ」

早苗が寒九郎の顔を見ていった。

寒九郎は、その時になって、初めて胸や腕、顔に切り傷があるのに気付いた。

「なんの、これしきの傷」

早苗は寒九郎の抗弁《こうべん》を無視して、姐《あね》さん被りしていた手拭いを外し、口に一端を啣《くわ》え、勢いよく引き裂いた。早苗は出血している腕の傷に裂いた手拭いをあて、きりりと縛り上げた。

「寒九郎、私のために、もうあんな危険なことはやめてください」

早苗の軀はぶるぶる震えていた。

「はい。母上」

寒九郎はうっかり口走り、慌てて「叔母上」と言い直した。

早苗は寒九郎の手をぎゅっと握った。

「いいですよ。私もあなたを息子だと思っていますから」

「はい」

寒九郎はこれからも早苗は自分が守ると心に誓うのだった。

七

津軽藩江戸下屋敷の邸内は、大勢の遺体や負傷者が運び込まれ、大騒ぎになっていた。

医師とその助手たちが急遽《きゆうきょ》呼び出され、あちらこちらの部屋で負傷者の手当てがなされ、女中や中間小者たちは手伝いで大わらわになっていた。

夜中に叩き起こされた江戸家老の大道寺為丞はあまりの惨状に腹を立て、書院に戻っても不機嫌になっていた。

「八田媛、いったい、どういうことなのだ?」

「申し訳ございません。今回は土蜘蛛一族のうちでも、谺仙之助を見事仕留めた雲霧市衛門たち鉤手組が作戦を決行するというので、安心しておりました。いつやるかは、雲霧市衛門の判断でしたので、私は知らなかったのですが、まさか、今夜とは思いませんでした。ですが、私も雲霧市衛門が早苗暗殺に失敗するとは考えもしておりませんでした」

「しかし、報告によると、雲霧市衛門は寒九郎に殺されたということではないか。なぜ、早苗を狙い、寒九郎や由比進を後回しにしたのだ？」

「後回しにしたわけではありません。まず早苗を殺ろうと決めたのは、寒九郎や由比進に、我らが味わった苦しみを味わわせたかったからです。ですから、まず早苗を殺めて、寒九郎や由比進を苦しめ、谺仙之助が私たちにやったことをじっくりと味わわせ、それから、寒九郎や由比進を殺ろうと話し合っていたのです」

「だが、早苗を殺ろうという計画を、どうして、寒九郎たちは事前に察知したのだ？」

「彼らを侮《あなど》ったのが失敗でした」

「被害の状態は、どうなっておる？」

「鉤手組頭の雲霧市衛門斬死、鉤手組の一郎斬死」

「すでに、三郎が寒九郎に斬られておったな」

「はい。鉤手組は、次郎《じろう》と四郎《しろう》の二人だけになりました」

「今後、その二人はいかがいたす？」

「私の配下にいたします」

「女郎蜘蛛組に入れると申すのか」

「はい。次郎も四郎も、まだまだ遣える男どもです。女郎蜘蛛と組み合わせれば、さらに遣えるか、と」

大道寺為丞は、脇息に寄りかかり、八田媛にいった。

「いいか、八田媛、由比進や寒九郎には、背後に意次がついているのだ。おそらく、公儀隠密たちが、家治様の命令で、彼らのために動いておろう。こちらの話が、うっかりすると筒抜けになっているやも知れんのだ」

「そうでございますか」

八田媛は悔しそうに顔をしかめた。

「今回の失敗を定信様がお聞きになったら、おぬしたちの信用はがた落ちになるぞ。そうでなくても、定信様は、おぬしたちをあまり信用しておらぬ」

「なぜにございますか？」

「わしにも詳しくは分からぬ。だから、こんな失敗を定信様がお聞きになったら、不信感はさらに高まろう。おぬしらを遣うな、とおっしゃられるかも知れない。それを、わしが責任を持つので、土蜘蛛一族を信じて使ってくださいと申し上げて来たのだからな。その点をよく分かってくれぬとな」

「申し訳ありません。二度と、今度のような失敗はいたしません」

「そう願いたいな。ところで、八田媛。今回の失敗の汚名挽回《おめいばんかい》をしたい、と思わぬか」

「何か、秘策がございますか？」

「いま、定信様は困っている。おぬしたちが、定信様の悩みを解決すれば、定信様もおぬしたちを見直すことだろう」

「大道寺為丞様、私たちに何をやれと申されるのです？」

「いま、行方が分からない女人がいる。幸の方という家治様の側室だ」

「家治様の側室？　大奥におられるのではないのですか？」

「大奥から姿を消したのだ」

「なぜでございます？」

「幸の方のお腹にやや子がいるのだ。幸の方は、どこかに匿《かくま》われ、密かに赤子を産もうとしている」

「なぜ、密かに」

「女子だったら、問題ない。男の子だったら、家治様のお世継になる。そうなったら、田沼意次の世が続く。定信様は、それを阻止したいのだ」

「すると、その幸の方を殺める……」

「声が高い」

大道寺為丞は八田媛を手で制し、あたりを見回した。

「壁に耳あり、障子に目ありだ。滅多《めった》にそんなことをいってはならぬ」

「はい。その幸の方は、誰が匿っているのですか？」

「それが、皆目《かいもく》見当がつかない。いま、目付や大目付様が手の者を四方八方に走らせて調べさせているが、分からないのだ。意次の命令で、誰かが幸の方を隠しておることは確かだ」

「では、どこに隠しているかも」

「分からないのだ。それで、定信様はやきもきしておる」

「分かりました。それがしたちに、その幸の方の居場所を探せとおっしゃるのですね」

「そうだ。おぬしたちが、幸の方の隠れ家を見付けたら、今回の失敗など、失敗の数に入らない、大手柄《おおてがら》になる。それも、誰よりもいち早く探し出せば、定信様も大喜びなさるに違いない。おぬしたちを囲っているわしの鼻も高くなる」

「大道寺為丞様、それがしたちにお任せください。かならず、幸の方を見付け出します」

「うむ。期待しておるぞ」

大道寺為丞は大きくうなずいた。

「ところで、もし、幸の方を見付けましたら、我らが殺《や》りましょうか？」

「待て。早まるな。おぬしたちは、見付けるまでが仕事だ。おぬしたちが殺《あや》めてはいかん。もし、そうと分かったら、家治様は絶対にお許しにならんだろう。おぬしたちだけでなく、おぬしらを雇っているわしの首が飛ぶ。ただの腹切りでは済まない。だから、居場所が分かるだけでいい。余計な手は出すな。いいな」

「はい。分かりました。御意のままに」

八田媛はにやっと笑った。

幸の方は女子、女子のことは女子でなければ分からない。男どもの探索ではない、女でないと分からない探索の方法がある。

幸の方は、私たち女郎蜘蛛組が捜し出す。

八田媛は心の中で、そう誓うのだった。

八

鳥越信之介は、荒木勇、相馬吾郎と三人で、隠れ屋敷を隅々まで何度も見て回った。それから、書院の間に戻り、屋敷の図面を描きながら、敵の侵入を防ぐには、どこをどう固めるか、襲われた時に、どこから幸の方を逃がすか、などをくり返し話し合った。

時には、中間の佐助を交え、鳥越信之介たちには思いつかぬような考えを聞いた。

ともあれ、サムライ三人だけでは、大勢に攻められた場合、対処が難しい。だから、この隠れ屋敷が、探索者の目にとまらないようにすることに全力を上げることにした。それには、屋敷周辺の住民に、屋敷に高貴な女性が住んでいるという噂が立たないことが肝要だった。

見知らぬ人が訪ねて来ても、妊婦が住んでいると悟られないことだ。

食糧の買い出しも、最小限にして、回数を少なくする。周辺農家からの米や野菜の購入は目立つのでしない。食糧は江戸市中で、一度に大量に買い込み、船で何度かに分けて運び込む。

だが、船着場への船の出入りは、少なくして、人の出入りも少なくし、屋敷に大勢が住んでいる気配を窺わせない。

食糧は周辺から仕入れる時は、少量にして、決して目立たぬようにする。奉公人は不必要に屋敷を出入りしない。

などなど、鳥越信之介たちは、箇条書きにして、奉公人たちにも徹底した。

一番厄介《やっかい》なのは、家治様が突然にお忍びで訪ねて来ることだった。家治様も気を使い、少数の御供しか連れて来ないのだが、それでも、傍《はた》から見れば、高貴なサムライ一行が、屋敷に御出でになっている、と分かってしまう。

家治様は御出でになる際には、一応、鷹狩りの名目で近くの狩り場に御出でになり、そのついでに、抜け出し、お忍びで屋敷に寄る形になっていた。

家治様は、幸の方様のお体の様子を気遣い、ほしいものをあれこれ用意なさり、屋敷に運び込むのだが、これがまた贅沢品が多く、土地の貧しい農民たちから見れば、とんでもない豪華な品々なので、いくら隠しても、屋敷には、どうやら高貴な御方が住んでいるらしい、という噂が流れたりしていた。それをかき消すため、近所の農家一軒一軒を巡って、口止めしたり、屋敷には重病にかかったご隠居が住んでいるとかの偽の噂を流したりする工作も行なった。

ともあれ、鳥越信之介は、隠れ屋敷が目立たないようにする工夫で頭がいっぱいだった。

そんなある時、突然に家治様が御供一人を連れて屋敷を訪れた。

事前の連絡もなかったので、鳥越信之介たちは仰天《ぎょうてん》して、玄関先で家治様をお迎えした。

家治様は、目立たない地味な着物姿だった。

鳥越信之介は玄関の式台で平伏してお迎えしたのだが、顔を上げ、御供の武士を見て、驚いた。

「武田由比進殿ではないか」

由比進も、鳥越信之介を見て目を丸くした。

「おぬしは鳥越信之介殿、まさか幸の方をお守りしているのが、鳥越信之介殿だったとは」

由比進と会うのは、奉納仕合い以来のことだから、六年以上会っていない。

家治様は、そそくさと、幸の方の部屋に歩み去った。

鳥越信之介は、控えの間で、由比進と積もる話をするのだった。互いに交わす話は、二人とも仰天することばかりだった。

第四章　秋しぐれ

一

いつしか、季節は巡り、暑かった夏が終わり、涼しくも実り多い秋に入っていた。

庭の立ち木から、喧《やかま》しく聞こえていた蟬《せみ》しぐれも大人しくなり、夏の終わりを告げるひぐらしの寂しげな声に変わっている。

庭には秋の花々が咲き乱れ、柿や栗がたわわに枝に生《な》っている。草叢《くさむら》から、虫の声が聞こえていた。

寒九郎は書院の縁側に腰をかけ、茶を啜《すす》りながら、秋の気配に耳を澄ませていた。

津軽へ帰った草間大介は、音信不通のまま、なんの便りも寄越さない。もしかして、草間は灘仁衛門と会った後、レラを弔うために、夷島へ渡ったのかも知れない。

それにしても、月日の流れる様《さま》は、川に譬《たと》えられるように、本当に早い。思い出も悲しみも時の川は容赦なく押し流して行く。立ち止まることもない。

レラが死んだということも、次第に本当のことなのだ、と心のどこかで認めはじめている。

後ろの台所の方で、叔母早苗たちの笑い声が起こった。早苗がおくにやお清《きよ》と話をしているらしい。

お幸の母おくには嬉しそうだった。

寒九郎は由比進から、内密にということで、お幸が隅田川を遡《さかのぼ》った江戸郊外の秘密の隠れ屋敷に、ひっそりと隠れ住んでいることを知らされた。

家治様の直々《じきじき》のご下命で、鳥越信之介がお幸を警護していることも知らされた。

お幸は、すでに自分から遠い存在になってしまった。その原因は、自分にもある。

そのお幸が田沼意次と松平定信の間の政争に巻き込まれ、お腹の子どももろともに命を狙われていると知り、寒九郎は責任を感じていた。出来ることなら、己れも命を懸けて、お幸を守りたい。それが、せめてものお幸へのお詫びだと思った。

由比進は寒九郎だけでなく、母親の早苗、お幸の兄の大吾郎、母おくににも、お幸が隠れ屋敷に匿《かくま》われていることを告げた。

おくには、お幸に会いたいと由比進に訴えたが、いまはまずい、時期が来るまで待てと諭された。さらに、いま武田家は、何者かに終始監視されている、おそらくお幸の命を狙っている者と思われる、お幸が隠れ屋敷に匿《かくま》われていることを絶対に他人に知られないよう気を配るようにと注意された。

由比進が家治様の御側衆になり、俸禄も二千三百石に加増されたことから、奉公人の数も増えた。そのなかには、お幸の行方を調べる間諜《かんちょう》もいるかも知れないので、日ごろ、お幸について話をしないよう箝口令《かんこうれい》が敷かれた。

由比進は武田家の当主になって以来、おとなの人間になった。物腰やものいいも、まるで父の武田作之介が由比進に乗り移ったかのようだった。

役職や地位が人を創るというが、由比進を見ていると、その言葉通りだと感じる。

「寒九郎、久しぶりに道場で、師範代と稽古仕合いをやったぞ」

大吾郎の声が背後から響いた。

振り向くと、大吾郎が小袖を脱ぎ、上半身は裸になっていた。胸や肩の矢傷の跡も生々しい。

「師範代と仕合いをして、五戦三勝二敗だった。大門先生も、よし、と太鼓判を捺してくれた」

「栗沢利輔《くりさわとしすけ》殿が手を抜いたのではないのか」

「寒九郎、おぬしがいうか」

大吾郎は木刀で殴るふりをしたが、すぐに木刀を下ろした。

「ごめんごめん」

寒九郎は両手を上げて、降参した。

半裸の胸や喉元の肌に、びっしりと玉の汗が吹き出していた。

雲霧市衛門の鉤手組たちとの戦いで、大吾郎と熊谷主水介、陣内長衛門の三人は、毒矢を射られ、軀にトリカブトの毒が回り、いずれも半死半生の目に遭った。

一番若い大吾郎が一番重傷で、三ヵ月も寝たり起きたりの病床生活だった。大吾郎はようやく快復し、毎日、大門道場に通って、稽古に励み、体力をつけていた。

熊谷主水介は、十日もしないうちに、元気を取り戻し、由比進の登下城に、いつものように護衛を務めていた。

陣内長衛門は、ひと月ほど寝たり起きたりの生活だったが、いまはすっかり元気を取り戻し、熊谷主水介とともに、登下城の護衛をしていた。だが、いまでも、矢を射られた脚が痛むらしく、足を引きずって歩いている。

大吾郎は、寒九郎の隣にどっかりと腰を下ろした。

「由比進が、妹と会ったそうだ」

「しっ」

寒九郎は大吾郎に喋《しゃべ》らぬよう、人差し指を口に立てた。

「うむ」

大吾郎は慌てて、周囲を見回した。寒九郎は小声でいった。

「用心に越したことはない」

「そうだな」

由比進の石高が大きくなり、新しい若侍や奉公人が増えた。雇う際に、由比進や大吾郎が相手の身元を洗ったが、それでも見逃すことがある。

鉤手組が襲って来た時もそうだったが、鉤手たちは屋敷の内部の事情に精通していた。鉤手たちが叔母上早苗の寝所を真っ先に襲ったのも、事前に知らなければ出来ないことだった。

寒九郎たちは、その裏をかいて、寝る前に早苗を女中部屋に移しておいたからよかったものの、その策が洩《も》れていたら、女中部屋を襲われていたところだ。

屋敷内部に、誰か内通者がいる。それが誰かは分からないが、用心するしかない。いまのところ、屋敷内に裏切り者がいる兆候は見当たらない。

先日も、何者かが屋根裏に忍び込んだ形跡があったので、声を出しての普通の会話も用心している。

「お元気か？」

「うむ。お腹はだいぶ大きくなったが、幸は元気らしい。食も進み、体重も増えているらしい。本人は嫌がっているらしいがな」

大吾郎は囁き返した。

「寒九郎、おぬしと幸が一緒になれたら、といまでもおれは思っている。そうなれば……」

「いうな」

寒九郎は大吾郎に頭《かぶり》を振った。大吾郎は黙った。

しばらく沈黙し、大吾郎がまた小声でいった。

「幸は不安になっているらしい」

「初産《ういざん》だからな、当然だ」

「先日は、産婆《さんば》が来たそうだ。やや子は順調に育っているといわれたそうだ」

「そうか。それはよかった」

寒九郎は心から、そう思った。赤子も元気でいてほしいが、それ以上に幸が健《すこ》やかであってほしい、と願っていた。

「母に来てもらいたがっている」

「うむ。なんとか、おくにさんを送る手立てを考えないとな」

「だが、最近、隠れ家の周辺に怪しい人影がうろつくようになったそうだ。鳥越信之介殿は定信の細作《さいさく》ではないか、と神経を尖《とが》らせているそうだ」

「いつまで、隠れ家を隠し通せるかだな」

「母を隠れ家に送り出すのも、細心の注意が必要だ。それがむつかしい場合は、諦めさせるしかない」

「そうか。なんとか、おくにさんを送り込む工夫を考えよう」

寒九郎は思いを巡らした。すぐにはいい手が思いつかない。

「とにもかくにも、日一日、生まれる日が迫っている。いま、見つかったら、と思うと居ても立ってもいられぬが、意次様は絶対に動くなと指示しているそうだ。動けば、敵に悟られるとな」

「うむ。我慢するしかないか」

家の中に人の動く気配がした。

寒九郎は大吾郎に目配せし、黙るようにいった。

庭の立ち木でひぐらしが鳴きはじめていた。

寒九郎は空にうっすらと棚引くいわし雲を見上げた。レラの笑顔が頭を過《よぎ》った。寒九郎は急いで立った。大吾郎の木刀を手にし、庭に降り立った。

気合いをかけ、木刀の素振りを始めた。

二

夕刻、日が落ちてから、松平定信の屋敷に、そそくさと入る大目付や目付、津軽藩江戸家老たちの姿があった。

定信の書院の間には、蠟燭の明かりが点《とも》されていた。人払いがなされ、定信、大目付の松平貞親、目付の木村陣佐衛門、津軽藩江戸家老の大道寺為丞の四人が顔を揃えて、ひそひそと密談をしていた。

定信は、その日も苛立っていた。

すでに夏も終わり、秋に入ったというのに、まだ幸の方の行方は杳《よう》として分からない。

幸の方は、まもなく臨月《りんげつ》に入ろうとしている。子が産まれる前に、なんとしても幸の方を亡き者にしたい。

「木村、今日も目新しい報告はないのであろう？」

「はあ。畏れながら、残念ながら、報告すべきものがありません」

目付の木村陣佐衛門は、額の汗を手拭いで拭った。暑さによる汗ではなく、冷汗をかいている。

「母親の様子は？」

「はあ。おくにに、特に目立った動きはありません。買物や家事はいつものようであり、特に誰かが訪ねて来た様子もありません」

「ちゃんとおくにに誰かを付けてあるのだろうな」

「はい。そこは怠りなく。うちの手の者を、下女《げじょ》とし、武田家に送り込んでありますので」

定信は腕組みをし、考え込んだ。

「兄の大吾郎は、どうだ？」

「毒矢を射られて、危うく命を落としかけたようですが、いまはすっかり快復して、武田家の若党頭として働いております」

「木村、そのようなことを聞いておるのではない。幸の方から手紙が届くとか、普段と違う動きがあるとか、誰かと密かに話をしたとか、そういうことはなかったか、と訊いておるのだ。たわけ」

定信は苛立ちを隠さなかった。

「はい。申し訳ございません。大吾郎については、我が手の者が常時付いておりますが、目立った動きはありません。いつも、由比進に付いて登城下城に通常通り随行しております。一人勤めを抜けてどこかに行くということもありません」

「寒九郎の動きは？」

「寒九郎も、いつもの通り、隔日で明徳道場と起倒流大門道場に出て、門弟たちに稽古をつけております。こちらの場合も、特に誰に会ったとか、誰かが寒九郎を訪ねて参ったということもありません」

定信は大目付松平貞親に顔を向けた。

「貞親、城中での武田由比進の動きは？」

「御用部屋での仕事ぶりは、特に目立った動きはありません。まだ御側衆になって半年にもならぬ新入りでございますから。ただ家治様は、とくに若い由比進がお気に入りで、鷹狩りなどには、必ずといっていいほど、由比進を連れて御出《おい》でです。剣術の稽古相手は決まって由比進ですし、最近は馬を駆る時も、由比進をお連れになることが多い。まるで、息子のような可愛がりぶりでございます」

「ほほう。家治は、以前は馬を駆けることや鷹狩りが苦手で、あまり好きではないと聞いていたが、趣味が変わったのかのう」

「さようでございますな」

「家治はお忍びで城から抜け出すことはないのか？」

「幸の方の許《もと》に通うためにですか？」

「うむ。密かに幸の方と逢瀬《おうせ》を重ねておるのではないかと思うてな」

「ご心配なく。家治様には、二六時中、見張りを何人も付けてあります。お小姓組番衆も馬廻り組、大奥にもそれがしの細作《さいさく》が入り込み、家治様の行動を見張っております。いままでのところ、家治様の行動で怪しい動きは見当たりません」

「ううむ。そうか。家治に怪しい動きはないか。では、意次はどうだ？」

「意次も、いまのところ、目立った動きはありません。どこかに出掛けることもなく、特に誰かを呼び出し、密談するということも、いまのところありませんな」

定信は腕組みをし、考え事をした。

「どうも、怪しいな。家治にも意次にも、なんの動きもないところが、かえって異常だ。幸の方のお腹はだいぶ膨らんでおろう。臨月も近いというのに、二人とも素知らぬ顔をしているというのが怪しくないか」

「そうでございますな」

「普通の亭主なら、女房が懐妊したら、女房の軀を気遣うだろう。その気配がない、というのがかえって怪しい」

「分かりました。手の者に再度、家治様と意次の様子を探らせましょう」

貞親はうなずいた。脇に座っていた津軽藩江戸家老の大道寺為丞が口を開いた。

「殿、一つ、いいお知らせが」

「いい知らせだと?」

定信は訝った。大道寺為丞は得意気ににんまりとした。

「それがし、八田媛の女郎蜘蛛たちに幸の方の行方を探索させました」

「うむ。それで?」

「八田媛たちは、江戸の腕利きの産婆たちを片っ端からあたって、ついに幸の方らしい女の出産の介添えをする産婆を見付けたのです」

「なんだと。本当か? その産婆は、どこにいる?」

「本所深川界隈では、この人のほかにいない、という有名な取り上げ婆《ばあ》さんです。名前は、お寅《とら》。お寅がこれまで取り上げた赤ん坊は、ざっと五百人以上だそうで、商家や長屋のお内儀さんたちが出産する時は、お寅さんを呼んでというそうです。依頼されれば、寅はすぐ駆け付け、お産を助ける。お寅が助けた妊婦はみな安産だったそうです。そのため、最近は町家だけでなく、武家でもお寅を呼ぶことが多くなった。そんな隠れた人気がある安産婆さんだそうです」

「なるほど。さすが、女子《おなご》だのう。男とは目のつけどころが違う。それで、そのお寅はなんと申しておるのだ？」

「何も申しておりません」

「なに、何もいわんと申すのか？」

「お寅は非常に口が固い。だから、頼む方も安心してお寅に頼む。ですが、いくら口が固いと申しても、女同士の話になれば、つい口が緩《ゆる》む。自慢話にも花が咲く。八田媛は、お寅に目を付け、手の者をお手伝いとして送り込んだのです」

「ふむ」

「その結果、お寅に、さる有力な商家の主人を通して、知り合いの娘御のお産の手伝いを依頼されたそうなのです」

「ほう、その商家とはどこだ？」

「日本橋の越後屋の主人だったそうです」

「また越後屋か。意次の息がかかった商家だな。それで？」

「なんでも、さる商家の大旦那が、綺麗どころの若い娘に手をつけて孕《はら》ませてしまった。だいぶ月が経ち、臨月も近い。いまは、女は郊外の、さる隠れ家に囲っている。ぜひ、お寅に赤ん坊を取り上げてほしい、と」

「ほう。武家ではなく、商家の主人の依頼か」

定信は少々がっかりした表情になった。

「殿、まだ続きがございます。その大旦那というのは入り婿《むこ》なので、お内儀には頭が上がらない。お内儀は非常に嫉妬深くて、大旦那の浮気を許さない。その大旦那が、ほかの女子を孕ませ、赤子まで作ったと分かったら、どんな大事《おおごと》になるか分からない。だから、このことは、絶対に他言無用、周りに内緒にしてほしい、と。それで産婆料はもちろん、口止め料もはずむといわれた」

「うむ。それで？」

「ある日、迎えの駕籠が来て、乗せられ、連れて行かれたのが、大川端の船着場だった。そこから屋根船に乗せられ、川をだいぶ遡った。船着場に着いたら、迎えに来た男が、隠し宿なので知られたくないと、お寅に目隠しをしたそうなのです」

「うむ。面白い。それで？」

「男に手を引かれて陸に上がると、目隠しされたまま、また駕籠に乗せられた。駕籠でだいぶ行った先で、駕籠が止まり、男に手を取られ、案内された先は、仕舞屋風の屋敷の玄関だったそうです」

「ほう。仕舞屋風の屋敷か」

「玄関先には、御女中が一人待っていた。お寅は御女中に奥の部屋へ案内された。そこには、髪は解いていた武家娘がいたそうです。臨月前のお腹を抱えた美しくて気品のある娘で、豪華な寝具にくるまって横たわっていたそうなのです」

「それで?」

定信はにんまりとほくそ笑んだ。

「お寅は、話が違うではないかと思ったそうです。商家の大旦那が武家娘に手をつけたなんてことは聞いたことがない。これは、商家の大旦那の艶話ではなく、どこか由緒ある武家娘の内緒事に違いないと、お寅は気付いた。ですが、事情を知らずに、武家娘の不始末などと口に出したら、武家の男たちに何をされるか分からない。それで、何もいわず、武家娘の軀の様子を看た。お寅は長年の経験から順調に臨月を迎え、出産なさると思ったそうです」

「その武家娘の名前などは分かったのか?」

「いえ。聞きもしなかったそうです。だが、妊産婦の武家娘は、御女中を絹さんと呼んでいたそうでした」

定信の顔がぱっと明るくなった。

「腰元の絹だ。その武家娘は、幸の方に相違ない。でかした、為丞。これで、幸の方の隠れ屋敷の手がかりが摑めたな。誉めて遣わすぞ。して、隠れ屋敷の場所だが、どこにあるのだ」

「定信様、お待ちください。このお寅を見付けたのは、それがしではなく、土蜘蛛の八田媛の手柄《てがら》にございます。ここから先は、八田媛にお聞きください。そして、どうか、土蜘蛛たちの手柄を誉めていただきたく、お願いいたします」

「おう。そうか。すぐにここへ八田媛を呼べ。いまの話の続きが聞きたい」

「はい。すでに、隣に八田媛は控えております」

大道寺為丞は、廊下の襖に向き直り、「八田媛、参れ」といった。

「ただいま、参上いたします」

八田媛の声が聞こえた。

襖が静かに開き、侍姿の八田媛が書院の間にするりと入って来て、また襖を閉めた。

「御呼びでございますか？」

八田媛は定信の前に両手をついて頭を下げた。八田媛は髪をひっつめにして頭の後ろで結び、馬の尾のように背に垂らしていた。

八田媛は素早く脇差しを背後に置き、恭順を示した。

「でかした、八田媛。さすが土蜘蛛だ。見直したぞ」

「ありがたき幸せにございます」

「それで産婆のお寅の話だ。続きを聞きたい」

「はい。申し上げます。なんなりとお尋ねいただければ、お答えいたします」

八田媛は正座し、定信に顔を向けた。

「その隠れ屋敷についてだ。どこにある？」

「お寅の話を手がかりに、それがしたちは総力を上げて、隅田川上流域を調べましたところ、それらしき隠れ屋敷を見付けました」

「そうか。どんな屋敷なのだ？」

「周囲を竹藪や雑木林に囲まれ、さらに崩れかけた土塀の中にひっそりと建った仕舞屋で、それもほとんど手入れもされていない廃屋のような建物でした。人の出入りもなく空き家のような佇まいの建物でした。それがしたちも、ここはお寅のいっていた建物とは違うのではないか、と思いかけたほどでございました。ですが、念のため、手の者を何日も張りつけて見張らせておりましたら、ある日、二頭の馬を駆った二人の侍が、林の中を走る林道から現われ、周囲を窺いながら、人目を避けるようにして、屋敷の門の中に消えたのです。その時、なかから刀を腰に差した侍や中間《ちゅうげん》小者が現われ、馬を下りた二人を出迎えたのです」

「うむ。それで？」定信は促した。

「二人の侍は、半刻もしないうちに出て来て、再び馬に乗り、林道を戻って行きました。すぐに手の者が二人を追ったところ、将軍お狩場に至ったのでございます。折から、将軍直々の鷹狩りがなされており、周囲は厳重な警備がなされておりました」

「その二人の侍は、どんな風体《ふうてい》をしておった？」

定信はにやにやしながら尋ねた。もう答は分かっているが、あえて訊いているといった風情だった。

「二人とも頭巾《ずきん》を被っておりましたので、顔は分かりません。風体は、二人とも狩衣《かりぎぬ》姿ではなく、普通の乗馬姿でございました。ただ、二人の物腰や気遣いの様子から、一人は上役、もう一人はお付きの供侍というように見えました」

定信は目付の木村陣佐衛門の顔を見た。

「木村、いまの八田媛の話、いかがに思う？」

「畏れながら、二人は、おそらく家治様とお付きの側衆の武田由比進ではないか、と」

木村は手拭いで喉元の汗を拭った。

「おぬしら、目付の手の者が見逃したものを、八田媛たちは見逃さずにおったのだぞ」

「申し訳ございません。まさか、御上が狩り場を抜け出すとは。あんな人気《ひとけ》のない山中近くに隠れ屋敷があったとは、考えもせずにおりました。これは、一生の不覚でございます」

「まあいい。八田媛のお陰で、幸の方の居場所がほぼ分かった」

「定信様、我らも、さっそくに隠れ屋敷を特定して、探索を進めたいと……」

「木村、おぬしの手の者は動かすな。家治と由比進が抜け出したことを気付かないようでは、おぬしの手の者は信用出来ん。引き続き、ここは、八田媛の土蜘蛛たちに、隠れ屋敷を探索させよう。よいな」

「ははあ。御意のままに」

木村陣佐衛門は、定信に頭を下げた。

「定信様、土蜘蛛は土蜘蛛でも、私の手の者は女郎蜘蛛組でございます」

「そうか。女郎蜘蛛組のう。いかにも名前からして恐そうな女子たちの組だのう。今後は、八田媛の女郎蜘蛛組に頼もう。隠れ屋敷に匿われた幸の方周辺を洗い出してくれ。護衛の侍の人数、誰が護衛の頭か、屋敷の見取り図、見張りの配置の具合など、襲撃前に正確に調べ上げろ」

「分かりました。お任せください」

八田媛はうなずいた。

「殿、申し訳ありません」

目付の木村陣佐衛門は悔しそうに俯いていた。

「木村、がっかりするでない。おぬしには、別にやってほしいことがある」

「なんでございましょうか？」

木村陣佐衛門は顔を上げた。

「おぬしは、腕の立つ者を十数人選んでおけ。いつでも出動できるように。ただし、田沼意次派の者が入らぬように注意せい」

「はい。御意のままに」

木村はようやく平静になった。

「それから、貞親、おぬしも信頼が出来る家臣を揃えておけ。少人数でいい。おぬしの命令であれば何でも行なう腹心の部下たちだ」

「はっ。お任せあれ」

定信は津軽藩江戸家老の大道寺為丞に向いた。

「為丞、おぬしも、使える藩兵を集めておけ。いつでも出動出来るように準備させておけ」

「何人ほど用意すればよかろうかと」

「隠れ屋敷におる警護の侍は、どうせ、数人だろう。藩兵も少数精鋭でいい。十人もいればよかろう。大勢いても、いざという時に、右往左往する烏合《うごう》の衆では役に立たぬからな」

「分かりました」

八田媛が膝を進めた。

「定信様、それがしたち女郎蜘蛛組もお忘れなく」

「うむ。分かった。おぬしたちにも、その時には役に立ってもらう」

「畏まりました。いつでもご下命ください」

八田媛は満面に笑みを浮かべた。

「八田媛、まずは隠れ屋敷の様子を調べて報告せよ。それを元にして、どうするかを決めよう。大事な仕事だ。よいな」

「お任せあれ。では、さっそくに」

八田媛は、くるりと向きを変え、襖をそっと開けた。八田媛の軀がするりと外に出て、襖が閉まった。

三

彼岸《ひがん》が過ぎ、本格的な秋に入りはじめていた。

木々の葉は黄色や紅色に色づき、ナナカマドの実が真っ赤に燃えていた。

鳥越信之介は物見の櫓《やぐら》に上り、格子窓から屋敷の周囲を見回した。櫓は木々の葉や蔦《つた》の蔓《つる》で擬装《ぎそう》してあるので、下からは物見とは分からない。ただの尖塔としか見えない。

「何か見えたか？」

鳥越信之介は傍らの佐助に囁いた。

細長い遠眼鏡《とおめがね》を覗いていた佐助は、首を左右に振った。

「いや、何も見えません。怪しい猪牙舟もいません」

鳥越は遠眼鏡で川の方角を覗いた。川に怪しい舟の姿はない。

佐助が格子窓から外を窺いながらいった。

「裏木戸に半蔵殿がお見えになりました」

半蔵が月に二、三度、日を決めてやって来ることになっている。今日がその日だった。

「そうか。参ったか。で、半蔵は誰かにつけられていなかったか？」

「半蔵殿のことですから、つけられることはなかったと思いますが、ここに来れば、張り込んでいる連中には気付かれたでしょう」

「張り込んでいる連中は、どんなやつらだ？」

「女です。野良着姿の女が数人、林の中をうろついております。籠を背負い、茸採《きのこと》りをしている風情でしたが、この数日、同じ女たちが百姓の格好をしたり、さまざまな風体に変装してうろついています」

「やはり細作だな」

「いかがいたしましょうか？　捕まえて、誰の指図か問い質《ただ》しましょうか？　それとも、脅して追い払いましょうか？」

「いい、放っておけ。余計なちょっかいさえして来なければ、知らん顔し、気付いていないふりをしよう。いまは大事な時だ。騒ぎが起こると、幸の方様のお体に障《さわ》る」

「へい。分かりやした」

佐助はうなずいた。鳥越は幸の方の身を案じた。

いま奥の間では、昨夜から産気付いた幸の方が、うんうんと唸っている。いつもの産婆に来てもらっているので安心ではあるが、苦しむ幸の方の声が断続的に聞こえて来るのが、男としては身の置き所がなくて辛い。あんな苦しい思いをして、赤子を産むのか、と思うと、女子は偉いと思う。とてもではないが、男の自分には、あの苦しみようは耐えられない。

「鳥越様」

階段下から半蔵の声がした。鳥越は「いま降りる」と答え、佐助にいった。

「何か異常な動きがあったら、すぐに呼べ」

「へい」

鳥越は佐助の返事を聞きながら、急な階段の手摺《てす》りに尻を乗せ、一気にを階下に降りた。

階下に半蔵と荒木勇が床に座っていた。

「お疲れ様です」

半蔵が覆面を取り、信之介に頭を下げた。

「まもなく、幸の方様のご母堂が大吾郎殿に伴われて、こちらに参ります」

「そうか。よかった。どうやら間に合いそうだな。ご苦労だった」

幸の方は産気づくと心細くなったらしく、母親のおくにを呼んでほしいと、何度も鳥越信之介に懇願した。

武田家邸から、おくにが出れば、必ず尾行がつく。尾行をまかなければ、この隠れ屋敷が敵に見つかる。

鳥越信之介は迷ったが、幸の方のあまりの苦しみ様に、もしかして死ぬかも知れぬと思い、おくにを呼ぶことに決めた。

大吾郎も一緒に来るというので、鳥越は大吾郎に、うまく尾行をまくように頼んだが、敵の細作をまくのはかなり難しい。おそらく大吾郎たちは、敵を連れて来る。

そうでなくても、最近周辺に怪しい人影が多くなったことを考えると、敵はすでに隠れ屋敷を突き止めていると考えていい。

その前提で、これからの隠れ屋敷の守りを固め、家治様の本隊が幸の方を迎えに来るのを待つ。

鳥越信之介はそう心に決めた。

「御上の御返事は？」

「幕閣たちの拒絶により、すぐには護衛隊を出せない。助勢をあてにせず、おぬしたちだけで、なんとか幸の方をお守りせよ、とのことでござった」

「助勢が来ない、我らだけでお守りせよ、というのか」

鳥越は予想していたこととはいえ、やはり落胆し、荒木と顔を見合わせた。半蔵は続けた。

「理由なき護衛隊の派遣は出来ないと、目付、大目付が共に出動を拒んでいる。目付、大目付とも、そもそも、どこへ護衛隊を出すのか、と意次様に問い質している。さらに出動させる理由を明らかにしろ、と。いかなる危険があるのか、敵は誰なのかを説明し、派遣先を教えられなければ、護衛隊を出すわけにいかない、と申しているそうでござる」

「いかがいたしますか？」

荒木が訊いた。

鳥越は腕組みをした。

絶体絶命の窮地だった。侍三人に佐助を入れても、たった四人で幸の方をお守りせねばならないのか。いや、大吾郎も加わるか。

おそらく大目付の松平貞親、目付木村陣佐衛門は、御上と意次が救援の手を差し伸ばせぬ状態を作り、己れたちの私兵をこちらに送り込んで来るつもりだ。すべては、背後にいる定信の策謀だろう。

「考えたな」

鳥越は笑った。いまから助っ人を集めようにも時間がない。身重《みおも》の幸の方を抱えて、隠れ屋敷に籠城し、あてもない救援を待ちながら討ち死にするか。それも一興。

「鳥越殿、それがしも、御加勢いたします」半蔵がいった。

「うむ。ありがとう。だが、おぬしには、御上との連絡を取るという重大な役目がある。おぬしは、ここの窮状を伝え、ぜひに救援の兵を送っていただけるよう、御上や意次様にお願いしてほしい」

「はい。そのことは必ず」

半蔵は硬い表情でうなずいた。

「頭！　屋根船一艘、船着場に着いた」

櫓の上から、佐助の声が聞こえた。

おそらく、大吾郎たちだ。

「うむ。荒木、お迎えに出ろ」

「はっ」

荒木は大刀を携え、廊下に出て、玄関先へ急いだ。

「半蔵、頼みがある」

「なんでござろう？」

「定信、大目付、目付の動静を探り、いつ、ここを襲うのかを調べてくれ」

「承知」半蔵はうなずいた。

「おそらく定信は大目付とともに邸にいて動かず、目付をこちらに寄越し、現場の指揮を執らせるはずだ。定信や大目付が出す伝令をことごとく押さえ連絡を断て」

「承知いたした」

半蔵はにやりと笑った。

「それから、もう一つ。武田由比進殿に、ここの窮状をお伝えしろ」

由比進が手勢を連れて加勢に来てくれれば、さらに力強い。それが唯一の望みだった。

「では、すぐに」

半蔵は立ち上がり、踵を返して廊下に消えた。

「頭、船から陸に上がった四人がこちらに来ます」

佐助がいった。

鳥越は急な階段を登り、櫓に上がった。

格子窓から船着場の方角を窺った。

侍が二人、二人の女たちの前後を守るようにして林の中の径《みち》をやって来る。

林の中や草叢の中に隠れていた人影が一斉に動き出した。白刃が陽光にきらめいた。

「いかん、佐助、ついて来い」

鳥越は階段の手摺りを滑り降りた。佐助も身軽について来る。

二人は廊下を駆け、玄関先に急いだ。うぐいす張りがきゅるきゅると軋《きし》み音を立てた。

「なにごと？」

控えの間から相馬吾郎が顔を出した。

「敵襲だ。迎え討つ」

玄関では、年寄の若党頭照井小吉がどうしようか、おろおろしていた。

「退《ど》け」

鳥越は若党頭を押し退《の》け、玄関から飛び出した。門扉を開け、外に躍り出た。径を川の方に向かって走り出す。

刃を打ち合う音が響いた。

先に出た荒木が抜刀し、百姓姿の女たちと斬り合っていた。女たちはいつの間にか脇差しを抜いて荒木に斬りかかっていた。

径の先でも、二人の侍が左右から襲いかかる黒装束姿と刀を交えている。侍たちは背に女を庇っていた。

「御加勢いたす」

鳥越信之介は、侍たちに怒鳴り、抜刀した。一緒の佐助も脇差しを抜き、逆手に持って駆け付けた。相馬も抜刀して鳥越に続いた。

侍たちが背に庇った二人の女のうち、一人は懐剣を抜き、襲いかかる黒装束を斬り払っていた。

直《す》ぐ様、侍の一人が懐剣を構えた女を庇い、襲いかかった黒装束を斬り払った。黒装束は悲鳴を上げた。女の声だった。

「退け」

鋭い女の声が響いた。

黒装束姿の影や野良着姿の女たちが一斉に退き、林や草叢に姿を消した。

「おう、寒九郎ではないか」

鳥越は刀を構えたまま驚いて叫んだ。

「鳥越信之介、久しぶりだな」

寒九郎は刀を懐紙で拭い、腰に戻した。

もう一人の侍は大吾郎だった。

「ともあれ、挨拶はあとにして、まずは屋敷の中へ」

荒木が周囲に目を配りながらいった。

「かたじけない」

寒九郎と大吾郎は、鳥越信之介に頭を下げた。

「こちらへ、どうぞ」

佐助が二人の女を案内し、屋敷に入った。若党頭の照井小吉が女中や下女たちを呼び集めて出迎えさせた。

鳥越信之介は、荒木、相馬とともに、殿《しんがり》を務め、警戒しながら、門の中に入った。

二人の侍は、鹿取寒九郎と吉住大吾郎だった。二人が連れて来たのは、幸の方の母おくにと、由比進の母早苗だった。

おくにと早苗は、奥の間に駆け付け、幸の方と面会した。幸の方の喜ぶ声が、鳥越信之介たちのいる客間まで聞こえた。さっそく、おくには産婆の手助けを始めた。

早苗は台所に立って、下男に湯を沸かさせたり、下女に食事の用意をさせた。

屋敷の中は、いつになく活気を取り戻した。

鳥越信之介は、寒九郎と旧交を温《あたた》めた。大吾郎とは初対面だったが、すぐに親しくなった。

「そうか。ここを守るのは、おぬしたち四人しかいないのか」

寒九郎は顎をしゃくった。

「うむ。おぬしら以外、新たな加勢はあてにできぬ」

鳥越信之介は、隠れ屋敷を取り巻く事情をすべて話した。

大吾郎は事情を聞いてすぐに憤慨した。

「御上は何をしているのだ？　おぬしたちに幸を預けて、知らん顔をしているとは、けしからん。口ばかりで、肝心な時に助けもしない」

「御上にも事情がおありなのだ」

鳥越信之介が取り成した。大吾郎の憤慨は止まらなかった。

「何が事情だ。隠れ屋敷のこんな窮状を知って、まだ、そんなことをいっておるのか」

寒九郎が大吾郎を宥めていった。

「さっきそれがしたちを襲って来たやつらは、土蜘蛛一族。八田媛率いる女郎蜘蛛組だ」

「そうだったか。女とはいえ、女郎蜘蛛組は手強いな」

鳥越信之介も土蜘蛛一族の恐ろしさは、津軽に居た時に耳にしていた。男も女も山岳剣法を身につけている。

寒九郎は憮然としていった。

「土蜘蛛は、定信の指示で動いている。ここは、すでに定信の知るところとなっていよう」

「そうだろうな。さきほどまで、半蔵がいた。大目付、目付が、御上が出そうとしていた護衛隊派遣を拒んでいるそうだ」

「それはそうだろうな。御上の側室を守るという目的だけで、幕府の兵を動かす口実にはならない。それに大目付や目付は己れの配下たちを動かし、幸の命を狙うわけだからな。目付も大目付も己れたちの配下を敵にするわけにはいかん」

寒九郎は頭を振った。

大吾郎は興奮していった。

「鳥越、俺は決めた。おぬしらと一緒に目付や大目付の配下たちと戦う。いいな」

「もちろん、願ってもないことだ」

鳥越信之介は大きくうなずいた。寒九郎も告げた。

「信之介、それがしも、大吾郎とともに、ここに残る。お幸を見殺しにできない」

「寒九郎、よくぞ、いってくれた」

大吾郎は泪目《なみだめ》になり、寒九郎の手を握った。

「寒九郎、大吾郎がいてくれるとなると、百人力、いや千人力の味方が増えたに等しい」

鳥越信之介は、嬉しそうに笑った。

寒九郎は笑いながらいった。

「さっそくだが、この屋敷、ただの屋敷ではないな。表門の前にも落とし穴が隠されてあった」

「おう、さすが寒九郎。見破ったか。そうだ。大挙して門を破り、押し入ろうとすると、落とし穴が開く。底には、無数の竹槍が備えてある。屋敷の周囲のいたるところに、落とし穴が作ってある」

「さようか」

寒九郎は大吾郎と顔を見合わせ、室内を見回した。

「では、屋敷内も何か仕掛けがあるのか？」

「うむ。暇にまかせて、荒木や相馬、佐助たちと屋敷のいたるところに仕掛けを作った」

「さようか。ここには？」

鳥越はいきなり立ち上がると、どんと畳を踏んだ。途端に踏んだ畳がめくれあがって立った。斬りかかった相手は畳に行く手を阻まれる。

鳥越は床の間の掛け軸を引き上げた。裏の壁に人が通れるほどの穴が開いていた。

「壁の裏を抜けてほかの部屋の床の間に出ることが出来る。さらに」

鳥越は柱の陰に垂れ下がっていた紐を手に取って弄《もてあそ》んだ。

「こいつを引けば天井が落ちてくる」

「釣り天井か」

「天井の裏に重い石が敷き詰めてある」

「驚いたな。こんな仕掛けが、どの部屋にもあるのか？」

「釣り天井は、この部屋だけだ。ほかには廊下にいくつかの工夫がなされている。後で案内しよう」

「この隠れ屋敷は、ただの屋敷ではない」

「さよう。我らはこの屋敷を隠し砦《とりで》と呼んでいる」

「隠し砦か、おもしれえ」

大吾郎はあたりを見回した。

「この隣の控えの間には……」

鳥越がいいかけた時、奥の間が突然騒がしくなった。

幸の悲痛な声が上がった。一瞬の間をおいて、赤ん坊の高らかな泣き声が聞こえた。

鳥越も寒九郎も大吾郎も、息を詰め、その場に立ち尽くした。

「お生れになったようですな」

荒木勇が現われ、紅潮した面持ちでいった。

「産まれたか」

鳥越は耳を澄ました。幸の方の苦しむ声は止《や》んでいた。代わりに元気のいい赤ん坊の泣き声が聞こえた。

寒九郎は感無量だった。お幸が母親になる。自分の子ではないが、お幸が産んだ赤子だ。

「やったな。よし、でかした」

大吾郎は拳を宙に突き上げた。

「やりましたな」

鳥越は寒九郎と顔を見合わせた。

奥の間から、襷掛けした早苗が現われた。

寒九郎は思わず早苗に訊いた。

「どっちです？」

「男の子です」

「やれやれ、男の子か。幸もでかしたな」

大吾郎はほっとした顔になった。

「男の子でしたか」

鳥越は顔をしかめた。

家治様の御子が男の子となると、いよいよ敵の本格的な攻撃が始まる。鳥越は出来れば、女子を産んでほしいと思っていた。

「お幸の容体は？」

「大丈夫。母子とも健やかです」

早苗は潤んだ目で、寒九郎にうなずいた。

寒九郎は唇を嚙み、早苗に目礼した。

廊下から腰元の絹が現われた。

「幸の方様が、みなさまに、ぜひ、お見せしたいとおっしゃっておられます。どうぞ、こちらへ」

「参りましょう」

早苗が、大吾郎と寒九郎を促した。

寒九郎は大吾郎を先に行かせ、後に続いた。

「それがしたちは、念のため、屋敷内をひとまわり見回ってから伺います」

鳥越は荒木と相馬、佐助に目配せした。

いまの赤子の声は外にも聞こえたに違いない。赤子が男子か女子か、確かめるために、忍びがすでに潜《もぐ》り込んでいるかも知れない。

荒木と相馬、鳥越と佐助の二手に分かれ、邸内の点検を始めた。少しでも異状を見付けたら、知らせ合う。

鳥越は歩きながら思った。

自分の子どもが生まれた時よりも緊張した。万が一のことを考えると、終日、落ち着かなかった。

鳥越は裏木戸の心張り棒を確かめた。

佐助はまた櫓に上がり、物見の格子の間から外を窺った。異常なし、という声があった。

鳥越は、薄暗い、細い廊下を歩む。床がぎしぎしと軋しみ音を立てた。忍び返しのうぐいす張りだ。侵入者がいれば、床を踏む度に甲高い軋み音が立つ。

廊下は本陣の母屋に繋がっている。廊下の両側の壁は漆喰《しっくい》を張り巡らしてある。外から侵入出来ないよう窓という窓は杉板を打ち付けて塞いである。余計な出入口は塞いで、戸口は主に三ヵ所にした。表玄関、台所の勝手口、裏木戸である。裏木戸を潜《くぐ》れば、土塀の裏口に出る。

さらに非常用の地下道に通じる出入口が一つあるが、その場所を知っているのは、鳥越、荒木、相馬吾郎と佐助と若党頭照井小吉の五人だけだ。ほかの奉公人には教えていない。

地下道は古く、途中崩れかかった場所もあったが、鳥越たち四人が支柱を立て土留《どど》めをして修復した。素人《しろうと》工事なので、完全ではないが、当面は保《も》つ。

台所を覗き、下女や賄い婦、下男たちを見回った。下女たちも、赤子誕生を知らされたらしく、鳥越に口々にお祝いの言葉をいった。

鳥越はみんなに礼をいい、居間の前を通り、玄関先に寄った。

控えの間に戻った相馬吾郎や荒木勇と合流した。荒木が小声で告げた。

「異常なしでござる」

「うむ。こちらも異常なしだ」

ほかにも見回らねばならぬ箇所が、屋敷の外に数ヵ所ある。四人では手が回らなかったが、寒九郎と大吾郎が加わり、今後はだいぶ楽になる。それでも、味方は六人。

若党頭をはじめとして、年寄の中間小者、奉公人の女たちは戦力にはならない。

客間には、幸の方と面会を終えた寒九郎や大吾郎が戻っていた。

鳥越は、荒木、相馬、佐助に引き続き、警戒をさせ、順繰りに幸の方に挨拶するようにいった。

「さっそくだが、我らはわずか六人。どこをどう分担して守るか、おぬしらの率直な意見を訊きたい」

鳥越信之介は懐から、屋敷の間取りや配置を書いた図面を取り出して、畳の上に広げた。

「ほほう。これは綿密な図面だな」

寒九郎は感心した。大吾郎も図面を覗き込み、いまいる居間の位置を探した。

「まず屋敷の中を見回りながら、図面と引き合わせて確かめたい。それからだな」

寒九郎が腕組みをしながらいった。

「うむ。では、それがしが、幸の方様に挨拶して戻ってから案内しよう」

鳥越信之介は正座して荒木たちが戻るのを待った。やがて、挨拶を終えた荒木たちが客間に戻って来た。

「どうぞ」

鳥越は立ち上がった。だが頭の中では、たった六人で、守りをどう固めるか考えながら、奥の間への廊下を歩む。うぐいす張りの床が賑やかに鳴り響いた。

奥の間の方から赤子の泣き声が聞こえる。

鳥越は幸の方の寝所の手前にある控えの間に入った。格子窓の隙間から、涼やかな風が入って来る。

襖の向こう側から、女たちの話す声が聞こえた。襖の前に正座した。

「鳥越信之介、参りました」

「お入りください」

腰元の絹の声が聞こえた。襖の前に膝行し、襖を開けた。部屋の中から乳臭い香が信之介の鼻孔を擽《くすぐ》った。

幸の方は赤子を抱き、乳を与えていた。傍らに母のおくにと産婆のお寅が座っていた。

早苗は腰元の絹と何事かを話している。

「信之介殿、無事、御子を授かりました」

幸の方のやつれた顔には、ことをやり遂げた笑みがあった。阿弥陀《あみだ》様の微笑《ほほえ》みだ、と信之介は思った。

「無事なご出産、心から、お喜び申し上げます。おめでとうございます」

鳥越信之介は、両手をつき、幸の方に頭を下げた。

幸の方は優しい声でいった。

「ありがとう。信之介殿、これからも、お世話をかけます」

「拙者、命をかけてあなた様と御子様をお守りいたします。ご安心ください」

鳥越信之介は、美しい幸の方を見ながらいった。この女のためなら、己れは死ねる、心の中でそう思うのだった。

四

「なんだと！　隠れ屋敷に寒九郎と大吾郎も駆け付けただと」

　定信は腹立たしく、八田媛を怒鳴った。

「はい。たしかに寒九郎めが、大吾郎とともに、早苗やおくにを連れ、隠れ屋敷を訪れたのです」

　定信は怒りの矛先《ほこさき》を、目付の木村陣佐衛門に変えた。

「木村、おぬしの手の者は、おくにや大吾郎を張り込んでおったのだろう？　なのに寒九郎や早苗までもが一緒だったのに、おぬしの手の者は気付かなかったのか？」

「手の者によりますと、大吾郎とおくにを見張っていて、二人が外出したのを見て、尾行を開始したところ、両国橋の広場まではたしかにつけておったそうですが、広場の雑踏に紛《まぎ》れて見失ったとのことでござる。まさか、寒九郎たちと合流して隠れ屋敷に現われるとは……」

「たわけ。聞きとうないわい」

「申し訳ありません」

「寒九郎と大吾郎が、隠れ屋敷の鳥越信之介たちの加勢に合流すると分かったら、なぜ、事前に二人を襲って阻止しなかったのだ？」

「しかし、殿はおくにか大吾郎を尾行して、隠れ屋敷がどこかを調べろとご下命なさいましたが、大吾郎を殺れとはご下命なさりませんでした……」

「たわけ、隠れ屋敷は、おぬしの手の者を使わなくても、とうに八田媛の女郎蜘蛛組が見付けておったわい」

「殿から、八田媛たちが隠れ屋敷を見付けたらしい、とはお聞きしましたが、それがどこにあるのかについては、教えていただけませんでした。ですから、手の者は、そうとは知らず……」

「もういい。言い訳は聞きたくない。八田媛、おぬしらが、たしかに隠れ屋敷を見付け、調べておったのだな」

「はい。隠れ屋敷は、隅田川を船で二里ほど遡った、川沿いにある芦原村《あしはらむら》の外れにございました。将軍お狩り場から、三里と離れていない地にありました」

「うむ。それで屋敷に幸の方がおるのだな」

「はい。たしかに幸の方が匿《かくま》われておりました。屋敷の奉公人から聞き出してあります」

「それで、幸の方を守っている侍についても分かったのだな」

「すでにご報告しましたが、鳥越信之介以下三名の侍と中間一人の四人が隠れ屋敷を守っていると分かりました」

「すると、寒九郎と大吾郎が加わって、いまは六名となったわけだな」

「さようでございます」

定信は大目付の松平貞親をじろりと見た。

「鳥越信之介は、おぬしも存じておろうな」

「鳥越信之介は、御上と意次が津軽に送った剣の遣い手。寒九郎を狙う刺客という触れ込みでござったが、実は寒九郎を陰ながら助けるお役目でござった」

「その鳥越信之介ら四人組に、今度は寒九郎と大吾郎が加わったのだな。八田媛、おぬしたち、寒九郎と大吾郎たちを襲ったというが、結果はどうだったのだ？」

「女郎蜘蛛組が総力を上げて襲撃したのですが、憎き寒九郎も早苗も討ち取れず、無念にも、四人の死傷者を出して、敗退いたしました」

定信はうなずき、なおも訊いた。

「それから、新たな報告があるそうだな」

「はい。畏れながら、どうやら、幸の方は男子を出産した模様です」

「それは確かか。本当に男子なのか」

「はい。床下に忍んでおりました女郎蜘蛛のひとりが、産婆の寅が男の子というのを聞いておりました。間違いなくお世継にございます」

定信はどんと卓を叩いた。

「おぬしら、ぐずぐずして、幸の方を殺めずにおったから、こんな最悪な事態になったのだ」

「申し訳ありません」

松平貞親と木村陣佐衛門は、頭を下げて詫びた。つられて津軽藩江戸家老の大道寺為丞も頭を下げた。

「もう一刻も猶予はない。家治と意次が、配下の者を掻き集め、隠れ屋敷に助勢を送る前に、隠れ屋敷を襲って叩き潰し、幸の方や赤子を亡き者にせよ」

「ははあ。承知いたしました」

松平貞親らは定信の怒りが収まるようにと、ひたすら平伏した。

「木村、おぬしが直々に芦原村へ出て、現地で指揮を執れ」

「ははあ」

目付の木村陣佐衛門は畏れ入った。

「貞親、おぬしは、手の者を出し、木村に預けろ。おぬしは、ここにいて、総指揮を執れ」

「はい。御意のままに」

「大道寺為丞、おぬしは藩兵を出して、現地に乗り込み、木村の支援をせい」

「しかし、定信様、江戸で我が藩の兵を動かせば、後で必ず問題になります」

「出せぬというのか」

「申し訳ございませぬが、国許にいる藩主の許しも得なければ、兵は動かせませぬ」

「ええい。面倒な。出さんでもいい。おまえたちの力など借りん。これまで、どんなに藩の面倒をみてやったことか。それを恩義とも思わず、裏切りおって」

「申し訳ございません。平《ひら》にお許しを」

大道寺為丞は青くなり、部屋の端まで引き下がった。

「定信様、畏れながら」

八田媛が声をかけた。定信はその声にようやく落ち着きを取り戻した。

「なんだ、八田媛」

「それがしたち女郎蜘蛛組、隠れ屋敷襲撃の先陣を切らせてくださいませ。必ずや、幸の方と御子の命、頂戴してみせます」

八田媛はじろりと、松平貞親や木村陣佐衛門をねめまわすように見た。目がらんらんと輝き、「あなたたちに獲物は奪われないわよ」と告げていた。

「よういった、八田媛。おぬしたち、こやつらだらしない男どもを見返してやれ。もし、幸の方と御子を血祭りに上げたら、必ず褒美を取らせる。金であれ、土地であれ、望むものを取らせるぞ」

「ははあ、ありがたきお言葉。そのお約束、必ずお守りくださいますよう」

「くどい。それがしに二言《にごん》はない」

定信は大見得《おおみえ》を切った。

五

深夜になった。空気が冷えて来る。

江上剛介は松平定信の屋敷に呼ばれ、控えの間にひとり座っていた。

しばらくすると、来客たちがそそくさと玄関先に引き上げて行く気配がした。また屋敷内は静まり返った。

ややあって、廊下に小坊主が現われた。

「どうぞ、こちらへ御出でくださいませ」

小坊主は先に立って歩いた。

江上剛介は小坊主に案内され、書院の間に通された。そこは、先程まで、来客たちがいた場所で、人熱《ひといき》れがまだ残っていた。蠟燭が何本も立てられ、部屋を明るく照らしている。

そこでも、江上剛介はしばらく待たされた。

部屋の周りには、護衛の供侍たちの気配があった。もし、主君の身に何かあったら、すぐに駆け付ける。やがて姿を現わした松平定信は、供侍を呼び、人払いをした。

供侍たちが、引き揚げて行った後、定信はおもむろに江上剛介にいった。

「江上剛介、おぬしに新しい密命を与える」

江上剛介は平伏した。

「どのような密命でございましょうか？」

「将軍の側室幸の方と、生まれた赤子を始末せよ」

江上剛介は耳を疑った。

将軍家治様の側室と生まれた子を殺せ、というのか？

江上剛介は、思わぬことに顔を上げた。

「それがし、将軍様の御子や御側室を殺めるなどという大それたことは、畏れ多くて出来ませぬ」

「出来ぬというのか？」

「はい、畏れながら、それがしの任ではありませぬ」

「これは、意次の金権腐敗の政治を終わらせるためだ。世のため人のためだ。ひいては国のためだ」

「しかし、畏れながら、御上の側室様のお命を頂戴することが、世のため人のためになるとは、それがしには分かり申しませんが」

「いいか、江上、家治の側室とは、意次が手を回して大奥に送り込んだ女だ。手をつけさせ、家治の世継を産ませようとしてな。意次の思惑通りに、家治は女に手をつけ、女は懐妊した」

「…………」

「かくして、意次の思惑通りに、幸の方は世継の男の子を産んだ。いま意次の陰謀を阻止せねば、意次の政《まつりごと》は世継の子の時代にも続く。意次は金権腐敗の政を行ない、幕府財政を疲弊《ひへい》させ、やがてこの国を破滅させることだろう。それをなんとしても阻止するためには、幸の方が産んだ御子を葬り去らねばならぬのだ」

「………」

「これより、大目付、目付の手の者、土蜘蛛一族が、隠れ屋敷を襲う。おぬしは、戦いが終わった後、乗り込めばいい」

「どういうことでござろうか？」

「幸の方には、鹿取寒九郎、鳥越信之介といった剣客が警護している。彼らを打ち負かすのはかなり難しい。先陣を務める大目付や目付の手の者、女郎蜘蛛たちは、おそらく失敗するだろう。もし、彼らが幸の方と御子を葬っておったら、おぬしは何もせずともいい。その場を立ち去るがいい。だが、万が一、彼らが失敗したら、おぬしにやってもらうしかない。寒九郎や鳥越信之介を倒し、密命を果たせ」

「………」

　いずれ、寒九郎とは対決せねばならぬとは覚悟していた。寒九郎はレラ姫を斬った己れを決して許さないだろう。終生、自分を付け回すだろう。

　だが、将軍様の御子を殺めることは別だ。自分には出来ぬ……。

　定信様は真剣な形相だった。

「おぬしがやってくれれば、意次の世は終わり、それがしが天下を握る。そうなったら、江上、おぬしに一万石の禄を与え、大名に取り立てると約束しよう。証文を書こう。起請文《きしようもん》を書いてもいい。おぬしの兄弟親族も何かの役職に取り立てよう。どうだ、やってくれるか」

一万石の大名になれる？　群雄割拠の戦国時代ならばともかく、いまは時代が違う。一万石の大名になれるという機会は、ほとんどない。

「大名ともなれば、おぬし、好きな女子を娶ることができよう。おぬしの嫁になりたい、という女子が殺到するぞ」

「お戯《たわむ》れを」

「ははは。冗談だ、冗談だ」

定信は笑った。だが、目は笑っていなかった。

「おぬし、たしか津軽藩次席家老大道寺為秀の孫娘といい仲だったのではなかったか」

「…………」江上剛介は黙った。

定信は、そこまで調べているのか、と空恐ろしく思った。

もし、密命を断ったら、きっと、定信様はそれがしを消すおつもりだ。秘密を知った者を生かしてはおかぬだろう。

定信は冷徹で非情な御方だ。おのれが権力を握るためなら、将軍様を敵に回してもいい、と考えておられる。出来ることなら、定信を敵に回したくない。敵に回せば、きっと苛酷な運命が待っている。

「どうだ？　江上、おぬし、大名になりたくないか？」

恩師橘左近様がいっていた、これが毒饅頭《どくまんじゆう》か？

毒饅頭、食《く》らわば皿まで食ってやろうではないか。

剛介は覚悟を決めた。

「密命、お引き受けいたします」

江上剛介は、いいながら、平伏した。

「おお、そうか。引き受けてくれるか。それを聞いて、それがしはほっとした。成功すれば、かならず、おぬしを大名に取り立てるぞ……」

定信は笑いながら、同じ言葉を何度もくりかえした。

江上剛介は、頭の隅に郁恵の悲しむ顔が過《よぎ》るのを覚えた。

六

夜が明け、東の空に太陽が昇った。

寒九郎ははっとして目を覚ました。襖の外で人の話し声が聞こえる。

隣の蒲団は空《から》だった。寝た跡もない。鳥越信之介はずっと起きていた様子だった。

寒九郎は、もう一度寝ようとして寝返りを打った。

「寒九郎、起きろ。大事な話がある」

襖越しに鳥越信之介の声がかかった。

襖ががらりと開いた。

寒九郎は蒲団に身を起こした。

鳥越信之介が部屋に入って来た。後ろから黒装束姿の男が続いた。

「寒九郎様、お久しぶりでござる」

公儀隠密の半蔵だった。半蔵は畳の上に片膝立ちしていた。黒覆面を解き、素顔を見せた。

鳥越信之介は畳にどっかりと胡坐をかいて座った。

「半蔵が、昨夜の定信邸での密談を盗み聞きした。今夜、夜陰に紛れて、ここを襲って来るそうだ」

「今夕でござる。先陣を女郎蜘蛛組が務める算段」

「女郎蜘蛛組が、また懲りもせず襲って来るのか。しつこい連中だな」

「女郎蜘蛛組の狙いは、寒九郎、おぬしと早苗様でござる。やつらは執念深い。八田媛は定信にはいわぬが、幸の方と御子を殺るつもりはない。あくまで、それにかこつけ、おぬしと早苗殿を狙うつもりだ」

「ふうむ。どうしたものか。叔母上には、事前に逃げてもらおうか」

「早苗様も武家の女、敵に後ろを見せては逃げまい。きっと、おくに殿とともに残り、幸の方と御子をお守りしよう」

　鳥越信之介はいった。

「ところで、おもしろいことがあります」

　半蔵がにやりと笑った。

「八田媛が定信に先陣を申し入れ、それが許されたため、後塵《こうじん》を拝することになった目付や大目付の面目は丸潰れになった。それで八田媛の女郎蜘蛛組と、総指揮の大目付、現場の指揮を任された目付の間は、険悪な状態になっている。大目付と目付の配下たちは、先陣争いで遅れをとってはなるまい、と焦っていた。おそらく、女郎蜘蛛組に先駆けて、彼らが先に攻めて来るものと思われます」

「津軽藩邸の江戸家老大道寺為丞は、どうだ？」

「大道寺為丞は、将軍の側室と御子を殺ると聞いて、戦列から脱落しました。いまは裏切り者とされております」

「すると、襲って来るのは、女郎蜘蛛組と、大目付の配下たちと目付の配下たちということだな」

「人数は、どのくらいだ？」

「女郎蜘蛛組は、およそ十人ほどです。鉤手の生き残りを加えても、十三人から十五人といったところです」

「大目付と目付の配下たちは？」

「十人ずつ、合わせて二十人ほどかと」

「敵はしめて三十人余か」

寒九郎は勝機ありと思った。

「三十人余対六人か」

鳥越信之介は唸った。半蔵がいった。

「だが、敵は互いに先陣競いをしており相手を出し抜こうとしております」

「敵の足並みが揃っておらぬのなら、人数では不利でも、我らが勝てそうだな」

鳥越信之介は寒九郎と顔を見合わせた。

寒九郎はいった。

「もし、こちらが緒戦《しょせん》で勝っても、敵が新手《あらて》の後詰《ごづ》めを呼んだら厄介《やっかい》だな」

半蔵が手で寒九郎を制した。

「それがしたちが、後詰めを呼ぶ伝令を始末します。加勢の要請がなければ、定信も新たな後詰めは送らない。将軍の側室とお世継を狙った襲撃だと公《おおやけ》になったら、いくら大目付、目付といえ、新手の後詰めは送れない。どっちつかずの幕閣たちも、そんなことをしたら、大目付、目付を見離すだろう。定信たちは、側室がお世継を産んだということがおおっぴらになる前に、母子を消すつもりなのでございます」

鳥越信之介がいった。

「そうすると、幸の方様がお世継を産んだということが、老中から発表されるまで、我らが幸の方様と御子をお守りし、襲撃に耐え凌《しの》げばよし、ということだな」

「そういうことでござる。半蔵めも、家治様にお世継誕生を知らせ、老中意次様が発表出来るようにご支援いたすつもりでございます」

鳥越信之介は、両手で柏手《かしわで》を打った。

「よし、そうと決まったら、寝ている暇はない。みんなを叩き起こし、戦いに備えよう」

「うむ。六人で評定会議だ」

鳥越信之介と寒九郎は立ち上がった。


客間の中央に隠れ屋敷の図面が広げられた。

鳥越信之介を中心に、寒九郎、大吾郎、荒木勇、相馬吾郎、佐助、照井小吉が図面を覗き込んでいた。後から早苗と絹も円陣に加わった。

鳥越信之介はみんなを見回し、檄《げき》を飛ばした。

「敵と戦えるのは、それがしたち男七人だ。早苗様と絹殿は、幸の方様と御子を守ることだけに専念してほしい。加勢には誰も来ないと覚悟せよ」

早苗と絹はうなずいた。二人は胸元の懐剣を触っていた。

「家人はすべて外に逃がす」

言葉通り、事前に鳥越は、若党頭照井小吉に家人全員を集めさせ、一席ぶった。

「ここはまもなく戦場《いくさば》になる。一時だが、おぬしたちに暇を出す。戦が終わり、我らが生き残っていたら、再び、おぬしたちを雇うこともあろう。だから、黙って、それがしのいう通りにしてくれ」

家人たちは呆然としていたが、すぐに照井小吉の促しで、全員、屋敷を出て行った。

照井小吉は若党頭として、屋敷に残りたいと鳥越に懇願した。

「この屋敷は、それがしの命でござる。ここで死んだら本望でござる。戦をするには年を取りすぎておりますが、決して鳥越様たちの足手纏《あしでまと》いにはなりませぬゆえ、残してください。多少なりとも戦のお手伝いをしたい、と思います」

鳥越は若党頭の照井小吉を残すことにした。

寒九郎も大吾郎も、屋敷のからくり全部を分かってはいない。照井がいれば、屋敷の仕掛けをうまく使うことが出来る。幸の方や腰元の絹、おくにや早苗に逃げ道を教えることも出来よう。剣は使えなくても、老いても頭はまだ使える。

鳥越はいった。

「本丸は、この客間に置く。奥の間は二の丸とし、最後の最後の決戦場とする。三ヵ所の出入り口は、それぞれ、防衛拠点とする。表玄関は、三の丸とし、ここで入って来ようとする敵との決戦場にする。裏木戸は裏三の丸として、準決戦場だ」

鳥越は続けた。

「任務分担だ。まず荒木と相馬は前衛として、三の丸表玄関を守れ。それがしと佐助、若党頭照井は、本陣となり本丸に立つ。佐助は伝令となり、各所と連絡を取る。二の丸の奥の院は、早苗様が主《しゅ》となり、絹、おくにとともに、幸の方様と御子様を守る。裏三の丸の裏木戸は、寒九郎と大吾郎が守る。時に寒九郎か大吾郎のどちらかが、別働隊となり、二の丸、三の丸の支援に駆け付ける」

みんなは鳥越の指示におとなしく聞き入った。

「戦いの展望は、こうだ。それがしが敵将だったら、こう攻める。三の丸と裏三の丸、に同時に攻撃する。どちらかが、形勢不利になりそうだったら、本丸から我々がすぐに駆け付ける」

鳥越は図面の三の丸玄関と裏三の丸裏木戸を指差し、本丸からすっと指を滑らせ、移動の箇所を示した。

「三の丸、裏三の丸が破られたら、本丸に後退する」

鳥越は刀から小柄《こづか》を抜き、本丸に突き立てた。

「本丸が破られたら、最後は二の丸に後退する。二の丸が持ち堪えられないとなったら、秘密の非常口を開け、地下道に逃げる。照井、おぬしがここは案内しろ」

「畏まりました」

照井は怖《お》ず怖ずとうなずいた。

「裏三の丸が破られたら、寒九郎と大吾郎は、別働隊となり転戦する。敵の背後を突き、敵を攪乱《かくらん》する。いよいよとなったら、二の丸に後退し、幸の方と御子をお守りする早苗様たちに合流、地下道を使って脱出する。地下道は川近くの水車小屋まで通っている。最後、ばらばらになったら、隠れ屋敷を放棄し、水車小屋に集結。近くの葦の中に猪牙舟が一艘隠してある。その猪牙舟に幸の方と御子をお乗せし、脱出させよ」

鳥越は黙っていたが、猪牙舟一艘には、船頭を除いて大人四人乗るのが限度だ。それ以上、大人が乗ると、船足は極端に遅くなる。追跡する猪牙舟から逃れようがない。幸の方と御子、早苗、おくに、絹を乗せたら、あとは船頭役として、誰か一人だけ猪牙舟に乗ることが出来る。

寒九郎は、その時になったら、己れは残り、敵と斬り結ぼう、と決心した。

「以上だ。質問はあるか？」

鳥越はみんなを見回した。誰も黙っていた。

「では、おのおの方、配置につけ」

鳥越は決然としていった。

「なお、最初に襲ってくる敵は、目付、大目付の配下たちだ。彼らは女郎蜘蛛組と先陣争いをしており、焦っている。目付配下と大目付配下の間でも、我こそはと先陣を争っている。従ってどちらも敵の大将を討てば、総崩れになる」

鳥越はいったん言葉を切った。そして、続けた。

「二番手は、土蜘蛛一族の女郎蜘蛛組だ。土蜘蛛の頭領は八田媛。美形だが、手強い。いずれの女郎蜘蛛も毒を持っている。短矢、吹き矢を射《う》つ。いずれも毒矢、毒吹き矢だ。油断するな。こちらも頭領の八田媛を討てば、総崩れになる。八田媛が生きている限り、女郎蜘蛛たちは襲って来る。頭《かしら》の八田媛を討て。さすれば、手足の女郎蜘蛛は動けなくなる。女だと思って侮るな。なかには、鉤手組の生き残りも混じっている。こやつらも手強い。

八田媛の狙いは、寒九郎と早苗様を討つことだ。やつらは谺仙之助の血統を根絶やしせんとしている。復讐心で我を忘れている。だが、八田媛を討てば、復讐心は消え、自分を取り戻す。暴れる土蜘蛛は倒して土に戻してやれ。さすれば、彼らも浮かばれよう。気張れ」

「おうっ」

寒九郎たちは一斉に喚声を上げた。

八田媛は俺が倒す。土蜘蛛たちは、谺仙之助を殺し、父鹿取真之助を殺し、母菊恵を死に追いやった。今度こそ、寒九郎は真正谺一刀流で祖父や父母の仇を討つ。そして、くりかえされる復讐の輪廻《りんね》を断ち切ろう。寒九郎は、そう心に誓うのだった。

七

寒九郎は、若党頭の照井小吉に頼み、蔵に保管されていた刀や槍、草刈り鎌などをすべて出させた。

寒九郎は大吾郎と手分けし、刀の一振り一振りを調べ、十分に使える刀を選び出した。刀を砥石《といし》で研ぐ暇はない。同様に、槍や鎌を調べ、保管状態のいいものを選んだ。

寒九郎と大吾郎は、それらを屋敷の廊下の端や出入口のめぼしい箇所に突き刺した。戦ううちに、刀が折れたり、血糊で切れなくなったら、すぐに手に取れるようにだ。

鳥越信之介も荒木勇も相馬吾郎も、すぐに寒九郎の意図を察知し、それぞれの持ち場に刀や槍、鎌を運んで、壁や床に切っ先を刺して、いつでも抜けるようにした。

寒九郎は白い紐《ひも》で襷がけになった。額には、白鉢巻きをきりりと締めた。鳥越信之介をはじめ、全員が白鉢巻きに白襷を掛けた。敵と混戦になっても白なら目立つ。

戦いの準備が整うと、寒九郎は鳥越信之介と連れ立って、屋敷の内外を巡回し、最終の点検を行なった。

屋敷の各所を回り、最後に二の丸の奥の間を見回った時、寒九郎は所在なげにぼんやり放心しているお幸を見て、胸が締め付けられた。

お幸は寒九郎が見ているのに気付くと、顔をそっと背《そむ》け、恥じらうように俯《うつむ》いた。

まだ気にしているのか。寒九郎は、己れこそ約束を違《たが》えてしまったことを恥じているのに、と思った。お幸は悪くない。それがしが悪いのだ。将来を誓った間柄だったのに、お幸を放ったらかしにして、陸奥の地を彷徨い、挙げ句の果てにレラと恋をして、お幸を捨てた。申し訳ないと思うのは、それがしの方だ。

寒九郎は目を伏せ、お幸に頭を下げた。

叔母の早苗は何もいわず、寒九郎を哀しげな目で見つめていた。

幸の母おくには、乳飲み子を胸に抱き、いい子いい子とあやしている。

腰元の絹は、おしめを畳んだり、お幸の身の回りのものを片付け、いつでも逃げられるように準備をしていた。

「幸の方様、ご安心ください。まだ敵は現われません。いまのうち、どうぞ軀を休ませておいてください」

鳥越信之介は優しく声をかけた。幸は静かにうなずいたが、何もいわなかった。

「では、失礼いたします」

鳥越信之介は幸の方に頭を下げた。寒九郎も一緒に頭を下げて、引き下がった。

幸は寒九郎が引き揚げた時、ちらりと寒九郎を見たが、その顔には寂しげな翳《かげ》が見えた。

二人が本丸の客間に戻る途中、鳥越信之介が唐突《とうとつ》に訊いた。

「寒九郎、おぬし、お幸の方と何かあったのか？」

「いや、別にない」

寒九郎は咄嗟に嘘をついた。信之介は、まだ寒九郎と幸の間のことを知らないはずだった。

「ほんとに何もなかったのか？　隠すな。幸の方が、おぬしを見る時の目付きは、普通ではない。おぬしを慕っている目だ」

「そんなことはない。信之介、おぬしの考え過ぎだ」

「そうかな？　ならばいいが」

信之介はにやっと笑った。

突然、物見櫓から、佐助の押し殺したような声が聞こえた。

「頭、敵武士団およそ十五人、三の丸正面に」

「よし、裏手は？」

「やはり敵武士団十人余、裏三の丸に出現」

「ほかには？」

「周囲に人の影なし」

まだ正午を過ぎた時間だ。信之介がいった通りだった。目付、大目付の配下たちは、八田媛の女郎蜘蛛組に負けまいとして、抜け駆けし、先に攻撃をしかけようというのだ。

寒九郎は物見の櫓への階段を駆け登った。

格子窓から外を窺った。

門前の武士団十五人は、いずれも下緒《さげお》の襷掛けで、黒鉢巻きで統一されていたが、小袖の色はばらばら、袴も裁着袴がいたり、野袴がいたりしていた。

裏木戸の前に集まった武士団は、全員、短い槍を手にしている。やはり、頭には黒鉢巻きを締め、下緒で襷掛けしている。服装は、こちらもばらばらだった。

「おのおの方、戦のご用意を」

鳥越信之介が大声でいった。

寒九郎は物見櫓から階段の手摺りを滑り降り、廊下を走って、持ち場である土塀の裏木戸へ駆け付けた。

大吾郎は心張り棒を手に、土塀の木戸の脇に開いた小さな覗き穴から外を窺っていた。大吾郎は見ろと寒九郎に勧めた。

寒九郎は覗き穴から、木戸の前に集まった武士団の様子を窺った。頭らしい武士が小声で、分担を割り振ったり、注意をしている。

みんな、一応緊張はしているものの、戦を始める雰囲気ではない。まったく気合いが入っていない。短槍を肩に担いだり、片手にぶら下げていたりしている。

寒九郎は刀を抜いて、刀の峰を返した。無下《むげ》には斬りたくない。

大吾郎が訊いた。

「寒九郎、どうする？」

「打って出る」

「よし」

寒九郎と大吾郎は木戸に掛けた閂《かんぬき》を静かに抜いた。いきなり戸を開け、寒九郎と大吾郎は外に躍り出た。

屯《たむろ》していた武士たちは虚《きょ》を突かれ、一斉に身を引いて、逃げ腰になった。なかには、慌てた侍の一人が短槍を突き出し、寒九郎を刺そうとした。寒九郎は、短槍を真っ二つに斬った。侍は腰を抜かして転倒した。

寒九郎は目星をつけた頭《かしら》の侍に突進した。

頭は手にした槍で寒九郎に応戦しようとした。寒九郎は頭の槍を撥《は》ね上げ、返す刀で、侍の肩を打ち砕いた。

侍は肩を押さえながら、がっくりと膝をついた。

「峰打ちだ。安心いたせ」

周りの侍たちは、頭をやられ、おたおたしていた。

大吾郎に目をやった。大吾郎は心張り棒をぶんぶんと振り回し、侍たちを叩き伏せていた。

「退け退け」

怒鳴り声が上がり、皆あたふたと林の中に逃げて行った。

寒九郎と大吾郎は裏木戸に戻り、閂を掛け、土塀に囲まれた庭に走り込んだ。

寒九郎は大吾郎と顔を見合わせた。

互いに無傷だと確認しあった。

裏木戸付近に、武士団の影はなかった。

表門の方で騒ぎが起こっている。

「大吾郎、行くぞ」

寒九郎は叫び、土塀に沿って庭を走り、玄関先に向かった。

玄関先では、土塀を乗り越えて侵入して来た侍三人と荒木が刀を交えていた。相馬は門扉を外から押し破ろうとしている侍たちを、一人で押し止めていた。だが、相手の人数が多く、相馬は押し負けされそうになっている。

寒九郎は相馬の脇に駆け寄り、扉を背で押して踏張った。

「かたじけない」

相馬はほっとした顔になった。寒九郎も力一杯踏張った。

「なんのなんの」

寒九郎は歯を食い縛り、根《こん》をつめて開けようとする扉を押し返した。しかし、閂は折られて、門扉を閉めても閉じることが出来ない。

大吾郎は荒木に加勢して、相手を心張り棒でつぎつぎに叩き倒していた。

玄関の扉が開き、佐助と鳥越信之介が飛び出して来た。

「加勢に参ったぞ」

寒九郎は相馬と鳥越に目で合図した。

「開けるぞ」

鳥越はうなずき、刀を構えた。相馬もうなずく。

一、二、三で、門扉を押していた力を抜いた。外から五、六人が門内に転がり込んで折り重なった。

寒九郎は折り重なった男たちの鳩尾《みぞおち》に拳を叩き込んだり、蹴りを入れた。

鳥越も転がり込んだ男たちから刀を取り上げた。

大吾郎も荒木も捕まえた侍たちから刀を取り上げ、彼らを門外に放り出した。

邸内に押し込んだ侍たちは、寒九郎たちに叩き伏され、ほうほうの体《てい》で逃げ出した。

彼らを追い出した後、再度門扉を閉じ、佐助が五寸釘をトンカチで打ち付けた。

第一波の襲撃をなんとか押し返し、寒九郎たちは一息ついた。

「我が方の損害は？」

鳥越がみんなに訊いた。寒九郎はみんなの軀を見回した。荒木と相馬が怪我をしていたが、擦り傷程度だった。

鳥越はみんなを見ながらいった。

「第二波は、今度は敵も、いまの失敗に懲りて、かなり真剣に攻めて来よう。いまのうちに準備しておこう」

寒九郎は何度も深呼吸した。

八

寒九郎たちは、次の戦いに備え、車座になって、早苗やおくに、絹たちが握ってくれた塩むすびの昼食を摂った。

鳥越信之介は、塩むすびを食しながら、今後の戦い方についての方針を話した。

「屋敷の門や裏木戸の戦いはほどほどにしたい。屋外では、多勢に無勢、どうしても人数が多い敵に有利だ。今度は屋外での戦いは避け、敵をあえて狭い屋敷内に誘い込み、接近戦を挑む。屋内なら釣り天井などの仕掛けが使え、我らに有利に戦えよう」

大吾郎が鳥越信之介に訊いた。

「いったい、見せてもらったもの以外に、どんな仕掛けがあるのだ？」

「説明はしておれぬ。見てのお楽しみだ」

「仕掛けを知らないのに、どうやって敵を仕掛けにかけるのだ？」

「まあ、待て。仕掛けを扱えるのは、荒木、相馬、佐助、照井とそれがしだ。みんなで一緒に仕掛けを作ったのだからな。だから、今度は編制を少し変える」

鳥越信之介は、おむすびを頬張りながらいった。

「正面玄関は荒木と寒九郎。仕掛けについては荒木が担当する。仕掛けは、一度使うと二度は使えない。どんな場合に使うかは、荒木に任せてほしい」

「分かった。荒木殿、よろしく頼む」

「それがしにお任せあれ」

荒木は冷静な顔でうなずいた。

寒九郎は、荒木を信頼した。先刻の戦いぶりをちらりと見たが、三人を相手に斬り負けしておらず、冷静沈着に応戦していた。荒木は何流の剣法かは分からないが、かなりの実戦を経験していると見た。安心して背後を任せることが出来そうだ。

「裏木戸担当は、大吾郎と相馬の組にする。仕掛けは相馬が担当する。いいな」

「了解した」

相馬は自信ありげににやっと笑った。

鳥越信之介は寒九郎と大吾郎に念を押すようにいった。

「仕掛けは過信出来ない。味方に有利に働くが、敵を利することもある。要は、状況次第だ。仕掛けがあるのを知っている我々に有利なのは、その場だけだ。我々が有利なうちに敵を討ち払う。おのおの、その場その場、臨機応変に振る舞ってほしい」

寒九郎は大吾郎と顔を見合わせ、うなずきあった。

「仕掛けといっても、それほどたくさんあるわけではない。その時の状況に応じて、それがしが指示する。仕掛けを知っているからといって、勝手に仕掛けを使わぬようにな」

鳥越信之介は、湯呑みで茶を啜り、二個目のおむすびを頬張りはじめた。

寒九郎や大吾郎もおむすびに手を伸ばした。食べられる時に食べておかないと、肝心な時に空腹では力が出ない。

そのことを、みんなも知っているらしく、おむすびはみるみるうちに減っていった。

「次の問題は、目付や大目付の配下たちを撃退した後、あるいは途中かも知れんが、土蜘蛛たちが参戦して来ることだ。女郎蜘蛛らは目付の配下たちの失策ぶりを、高見の見物をしていたろう。女郎蜘蛛には仕掛けは使えない。もし使っても女郎蜘蛛たちは、平気だろう、と思う。女郎蜘蛛たちは、百戦錬磨の強者《つわもの》ばかりだ」

寒九郎もそう思った。

「それに八田媛は用心深い。先を読む力もある。きっと女郎蜘蛛組との戦いは、しんどいものになるだろう」

「寒九郎、何か秘策はあるか？」

鳥越信之介は寒九郎に尋ねた。

「秘策はない。ともかく、正攻法でいい。八田媛を倒す。それも早い段階で倒す」

「誰がやる?」

「それがしがやる」

寒九郎が鳥越にいった。

「そうだな。おぬし、土蜘蛛の天敵と思われているからな。八田媛を斬れ。今度は峰打ちは危険だぞ。温情をかけても、八田媛は、それを恨みにして、倍返ししてくる。寒九郎、自分を殺し、冷酷になれ」

「分かった」

寒九郎はうなずいた。だが、鳥越信之介の忠告には素直に従えなかった。己れのことは己れが考えて処理する。

鳥越信之介は、それを自分でやっている。己れにも出来ないはずがない。

「よし、敵が動き出すまで、小休止だ。全員、持ち場で、休んでくれ」

鳥越信之介は、そういうと、畳の上にごろりと横になった。だが、寝入った様子はなかった。ただ軀を休めているだけだった。

寒九郎は人が走り回る足音に、はっとして目を覚ました。畳の上に寝転んでいるうちに、ふとうたた寝したらしい。

「表門、裏木戸に敵襲！」

物見櫓から佐助が叫び、階段から床に飛び降りた。

寒九郎は跳ね起きた。

「おのおの方、持ち場に戻り、応戦しろ」

鳥越信之介は本丸の客間に仁王立ちして、鉄扇《てつせん》を采配《さいはい》にして、玄関先と裏木戸を差した。

寒九郎は白襷を締め直しながら、持ち場の玄関先に走った。玄関から出ると、荒木が門扉を裏から押さえていた。門の外から怒号が響いて来る。

大勢で丸太を抱え、掛け声もろとも、門扉に丸太をぶつけ、扉を破ろうとしていた。先の争いで、扉の蝶番《ちょうつがい》も閂も壊れていた。扉は五寸釘を打ち付けて補強しただけなので、破られるのは時間の問題だった。

門の左右の土塀にも人の気配があった。何人かが土塀によじ登って、乗り越えようとしている。先刻よりも、人数は増え、動きもきびきびしている。敵は新手《あらて》を投入したらしい。

だが、土塀を乗り越えた侍たちが庭に飛び降りた途端、足許の地面が崩れ、落とし穴に転がり込んで行った。後から飛び降りようとした侍たちが慌てて止まり、後続の侍に「ここは駄目だ」と叫んでいた。

「寒さん、そろそろ、入れてやりますか」

荒木が表情も変えずに目で壊れそうな門扉を差した。荒木は、寒九郎を寒さんと呼んでいるのに気付き苦笑した。

「よし。入れてやろう」

寒九郎と荒木は、門扉を裏から支えている丸太に足を掛けた。相手が丸太を扉にぶつける瞬間、二人は支えの丸太を足で蹴り飛ばした。

丸太を抱えた侍たちが一塊《ひとかたまり》になって、どどどっと屋敷内に転がり込んで来た。七、八人が地べたに転がり、起き上がろうとしていた。

寒九郎は近くに転がっていた薪《まき》を二本取り上げ、一本を荒木に放った。

荒木は薪を受け取ると、転がっている侍たちの腕や脚に振り下ろした。悲鳴が上がった。

寒九郎も目の前で起き上がろうとした侍の顔面を薪で殴り飛ばした。隣の侍の腕にも、薪を振り下ろす。

「おのれ！」

門外に怒声が上がった。仲間がやられるのを見た七、八人の侍たちが血相を変え、抜刀して駆け込んで来る。

寒九郎は最初に斬りかかって来た男の刀を薪で叩き落とし、鳩尾《みぞおち》に薪の先を突き入れた。男は呻き、その場に倒れ込んだ。

続いて別の侍が気合いもろとも、刀を突き入れて来た。寒九郎は薪で侍の刀を打ち払い、侍がたたらを踏んで前のめりになって踏み込んで来たところに薪を後頭部に叩き込んだ。侍は声もなく、その場に昏倒した。

荒木も門内に侵入しようとする侍たちを薪で応戦していた。一人倒しても、また新手が後ろから来る。

「退け。援護する」

寒九郎は荒木にいった。荒木は斬り込んで来る相手に薪を投げ付け、身を躱《かわ》して玄関の中に駆け込んだ。寒九郎は追って来る侍を薪で応戦していたが、切りがない。途中で薪を相手に投げ付け、相手が躊躇した隙を狙って、玄関口から中に飛び込んだ。

荒木は寒九郎に手招きし、廊下に駆け込んだ。寒九郎は荒木を追って廊下を走った。

荒木は足を止め、振り向いた。寒九郎の後ろから七、八人の侍たちが抜刀し、怒声を上げて追って来た。寒九郎も足を止めた。

荒木は柱の陰の紐を引いた。

轟音が起こった。廊下の片側の漆喰壁が一斉に侍たちに倒れ込んだ。猛然と土埃《つちぼこり》が吹き上がり、廊下が土煙に隠れて見えなくなった。

「さ、いまのうちに本丸に」

荒木は手拭いで口や鼻を覆い、寒九郎に本丸の方角を指差した。

本丸では、鳥越信之介が鉄扇片手に仁王立ちし、戦況を窺っていた。

「三の丸、崩壊」

荒木は鳥越に告げた。

「ご苦労」

鳥越は短くいっただけだった。

寒九郎が鳥越に話しかけようとした時、今度は裏木戸の方角から大轟音が起こった。裏口に続く廊下に白い土煙が吹き上がった。

土煙の中から手拭いで口を被った大吾郎と相馬が廊下を駆けて来た。

大吾郎と相馬は本丸に転がり込むようにしてしゃがんだ。

「裏三の丸、崩壊でござる」

相馬が咳き込みながら報告した。

「ご苦労」

鳥越はうなずいた。

佐助が崩壊した三の丸の廊下から、幻のように姿を現わした。佐助も口を手拭いで被《おお》っている。

「頭、目付、大目付の武士団は、壁倒壊に呆然としています。壁の下敷きになった者たちを救《たす》け出そうとしています」

「分かった。手出しせず、仲間を救出させよう」

佐助は報告が終わると、またどこかに姿を消した。

今度は裏手に通じる廊下にうぐいすの鳴き音が聞こえた。廊下を歩いて来る人影があった。やがて若党頭の照井小吉が手拭いで口許を被いながら、鳥越に報告した。

「裏木戸から侵入した侍たちは、突然壁が倒壊したので、大混乱に陥っています。壁の下敷きになり、負傷者多数が出た様子です。当分、裏木戸からは攻めては来ないでしょう」

「よし。これで、目付、大目付の武士団は懲りて攻めて来ないな。残るは無傷の女郎蜘蛛たちだ。寒九郎、大吾郎、これからが本当の決戦になるぞ」

鳥越は畳の上に広げた屋敷の図面を鉄扇で差した。

西の表玄関、東の裏木戸、南に面した本丸のある客間、北の二の丸。

鳥越は懐から筆を取り出し、西の表玄関と東の裏木戸に、大きなバツ印を付けた。

続いて、鳥越は客間の南面を巡る廊下に大きな丸印をつけた。

「女郎蜘蛛組が襲って来るとしたら、ここからだ」

寒九郎は客間の南面にあたる大廊下に目をやった。

南面の廊下には雨戸がびっしりと隙間もなく閉《た》てられている。雨戸には横板が何枚も張られ、釘で打ち付けられている。どんな嵐が来てもびくともしないよう頑丈に補強されている。

南面は堅く閉じられ、出入口もない。

崩壊した表玄関の廊下から、また佐助が小走りに戻って来た。

「現われました。女郎蜘蛛たちです」

佐助が小声で報告した。

「どこに現われた？」

「本丸の南面、それから、北二の丸の後ろ」

佐助は屋敷の図面の南側と、奥の間のある二の丸の後ろを指差した。

「人数は？」

「南が二十人ほど、北は数人」

主攻が南面から？　北の数人は、こちらが逃げるのを見越しての布陣か？

「寒九郎、おぬし、直ちに二の丸の裏手に廻れ。そこにきっと八田媛がいる」

鳥越は断言した。

「どうして？」

「南面からの攻撃はおそらく陽動策だ。そちらに我らが気を取られている隙に、北から八田媛たちが侵入し、幸の方様たちを襲う策だ」

突然、本丸の南面の廊下で爆発が起こった。

頑丈に閉てられた雨戸が音を立てて倒壊した。黒煙が濛々《もうもう》と立ち籠め、視界を妨げた。黒煙が収まるにつれ、太陽の明かりがさっと座敷に差し込んだ。寒九郎は明かりに目が眩んだ。

雨戸が連なって外に倒れ、土塀を背にした庭園が現われた。土塀越しに雑木林が見える。

庭は手入れされていないので、荒れ果て、草ぼうぼうになっていた。その草叢に、黒装束姿の女たちが立ち上がった。手に短弓を構えている。

一斉に矢が放たれた。短矢が寒九郎たちに襲いかかった。一瞬早く鳥越や荒木、相馬が畳に踵落《かかと》としをしていた。目の前の畳が次々に立ち上がり、短矢を受け止めた。

寒九郎は畳を盾にし、大吾郎に叫んだ。

「大吾郎、来い」

寒九郎は身を翻して、二の丸の奥の間に通じる廊下に駆け込んだ。胸騒ぎがした。

もしや、あの爆発と同時に……。

案の定、廊下の漆喰壁には大きな穴が開いていた。潜り抜けようとしている人影があった。

「待て、曲者《くせもの》」

寒九郎は抜刀し、人影に迫った。黒装束姿の女だった。女は寒九郎に吹き矢の筒を向けた。寒九郎は咄嗟に袖で顔を被い、刀を女に突き入れた。吹き矢が袖に刺さった。

刀に手応えがあった。

壁に開いた穴から、別の黒装束が現われた。

黒装束は吹き矢を口にあてた。

「寒九郎、行け、そやつはおれがやる」

後ろから大吾郎が叫んだ。

寒九郎は黒装束の前を駆け抜けた。奥の間の襖は開いていた。

「寒九郎、遅かったな」

女の声が響いた。

奥の間に緋色《ひいろ》の袴を穿《は》いた白い巫女姿の女が立っていた。

「八田媛か」

「動くな。動けば早苗の命はないぞ」

巫女は早苗を後ろから抱え、喉元に脇差しの抜き身をあてていた。早苗は切なげに寒九郎を見ていた。

「母上」

寒九郎は思わず口走った。

「おう、そうか。早苗はおぬしにとって、母同然なのだろうよ、のう」

八田媛は寒九郎をいたぶる快感に酔っていた。

奥の間には、黒装束の女郎蜘蛛たちが幸たちを取り囲んでいた。赤子を抱いたお幸をおくにと腰元の絹が庇うように抱えていた。絹は懐剣を抜いて胸に構えていた。白刃がお幸たちに突き付けられていた。赤子は何も知らず、すやすや眠っている。

「寒九郎さま」

お幸の切なげな声が聞こえた。

どたどたと足音が響き、大吾郎が後ろに駆け付けた。

「おのれ、女郎蜘蛛」

大吾郎は一目見て刀を振るおうとした。

寒九郎は大吾郎を手で制した。

「八田媛、分かった。刀を置く。それがしも大吾郎も抵抗しない。それがしが、叔母上の身代わりになる。叔母上を放してくれ」

寒九郎は大小の刀を足許に置いた。

寒九郎に促され、大吾郎も刀を床に置いた。

「だめだ。おぬしの命と、早苗の命は頂く。覚悟するのだな」

「待て。それがしの命はやる。だが、叔母上は救けてくれ。後生《ごしょう》だ。それにお幸と赤子たちは関係ない。おぬしは谺仙之助の血筋が憎いのだろう？　お幸と赤子、おくにや絹たちは放してくれ」

「そうはいかぬ。こやつらの首を定信様にお届けせねばならぬ。目付、大目付の出来ぬことを、わたしたち土蜘蛛がやった証にな」

八田媛は美しい顔を歪め、くくくと肩を震わせて笑った。

突然、背後の本丸に大音響が起こった。地響きが起こり、建物がぶるぶる震えた。土埃、砂埃が廊下に吹き寄せた。壁や天井の破片が飛んで来た。振り向くと本丸の客間が土煙に覆われていた。

釣り天井が落とされたのだ。

八田媛は一瞬驚いて、注意がそれた。その一瞬の隙をついて、早苗が八田媛の腕を振りほどき寒九郎に駆け寄った。

「おのれ、逃がさぬ」

八田媛は脇差しの切っ先を向け、早苗と寒九郎をもろともに串刺しにしようとした。

寒九郎は咄嗟に早苗を突き飛ばした。早苗は床に転がり、八田媛の脇差しは空を突いた。

寒九郎は廊下の隅に突き刺してあった刀を引き抜き、八田媛に向き直った。屋敷の各所に突き刺してあった抜き身の刀だ。

「おのれ、寒九郎、一族の仇。許せぬ」

八田媛は脇差しを振りかざし、寒九郎に斬りかかった。寒九郎は八田媛の刃の下を潜り抜け、八田媛の胴を斬った。真っ赤な血潮がどっと噴き出した。

「おのれ、寒九郎」

八田媛はなおも振り向いた。八田媛はよろめきながら、床に座り込んでいる早苗に気付き、早苗に刀を突き入れようとした。

寒九郎は八田媛に体当たりをかけようとした。一瞬早く、別の影が八田媛の前に飛び込んだ。刀が一閃した。

八田媛は斬り上げられ、きりきり舞いをして床に転がった。

「そうはさせぬ。母上、由比進只今参上いたしました」

八田媛の前に飛び込んだのは、由比進だった。

大吾郎が奥の間に走り込んだ。寒九郎も続いた。

「お幸」

寒九郎はお幸の姿を探した。部屋には、見知った顔の侍たちが黒装束の女郎蜘蛛たちを取り囲み、刀を突きつけていた。熊谷主水介、陣内長衛門、高槻玄間たちだった。

お幸は赤子を抱き、震えていた。おくにと絹が両側からお幸を支えている。

お幸も御子も無事だったか。寒九郎はほっと一息ついた。

「いやあ、間に合ってよかったでござる」

半蔵が寒九郎の前に立った。寒九郎は唖然とした。

「どうして、おぬしたちがここに」

半蔵は床の間の掛け軸をずらした。そこはぽっかりと穴が開いていた。地下道に逃げる非常口だった。

「地下道は、川の袂にある水車小屋に通じています。それがしたちは、地下道を伝って、ここへ抜けたのです」

「寒九郎、来てくれ。急げ」

由比進の声が廊下から響いた。

寒九郎は慌てて廊下に飛び出した。大吾郎も続いた。

本丸のあった客間の方から、幽霊のような風体の男たちがふらふらと歩いて来る。先頭を悠然と歩いて来るのは、鳥越信之介だった。続いて、荒木勇と相馬吾郎。照井小吉と佐助も無事だった。全員、怪我をしており、互いに肩を貸し合い、支え合っている。誰もが土埃、砂埃を頭から被り、頭も顔も真っ白になっていた。

「幸の方様はご無事か」

「大丈夫だった」

「赤ん坊は？」

「ご無事だ」

鳥越信之介は、奥の間を覗き、安心した顔になった。鳥越は、みんなを振り向いた。

「おのおの方、ご苦労であった。戦は勝った。おのおの方の奮戦のおかげだ。感謝いたす」

鳥越はみんなに頭を下げた。それだけいうと、鳥越はへなへなと床に崩れ落ちた。

慌てて寒九郎や由比進が駆け寄り、鳥越を抱《かか》え起こした。鳥越は寒九郎の腕の中で、眠りに落ちていた。

荒木と相馬も歩み寄り、その場に座り込んだ。

「鳥越殿は、この十日間、ほとんど眠らずにおられたからのう」

「そうとう無理をなさったのだろう」

佐助も照井小吉も寄って来て、鳥越の寝顔を覗いて笑った。

「子どものように寝ておるのう」

「ほんとほんと」

寒九郎はあらためて本丸のあった客間に目をやった。土煙は収まりつつあった。石があたり一面に転がっていた。

「女郎蜘蛛たちは？」

「逃れたのは、ほんの数人でござろう」

荒木が釣り天井が落ちた跡を見た。

「鳥越殿が起きていたら、なんと申しますかね」

「決まっておる。行くぞ」

「はっ」

寒九郎は鳥越信之介を奥の間に運んで寝床に横たわらせた。

「由比進、それにみんな、ご苦労だけど、釣り天井の下敷きになった女郎蜘蛛たちを救け出す。手伝ってくれ」

寒九郎は、廊下に引き返した。すでに荒木をはじめ、相馬や佐助たちが天井板の下から、怪我をして、もがいている黒装束の女たちを救け出しにかかっていた。

寒九郎も、かれらに混じって、一人ひとり負傷者を救け出している時、庭先から、寒九郎に声がかかった。

振り向くと、草ぼうぼうの庭先に一人の侍が立っていた。

「寒九郎、久しぶりだな」

侍は江上剛介だった。

「おぬし」

寒九郎は腹の中に怒りの炎がめらめらと燃え上がるのを覚えた。レラを斬った男。許せぬ。

「ちと話がある。付き合え」

江上剛介は腰の刀をとんと叩いた。

刀を持って来いというのだろう。

「よかろう。しばし待て」

寒九郎は奥の間の廊下に戻った。床に置いてあった大小の刀を腰に戻した。

刀の下緒を抜き、素早く襷掛けにした。

江上剛介がいる庭に向かって、天井が落ちた跡を歩き出した。

「どうした、寒九郎」

途中、由比進が顔を上げ、寒九郎を見た。

「一つ、やらねばならぬことがある」

「なんだ?」

由比進は寒九郎の目の先の男に気付いた。

「寒九郎、あやつ、少し痩せたが、江上剛介ではないか?」

「うむ」

寒九郎はそれ以上何もいわず、瓦礫《がれき》や壊れた天井板を踏み越え、廊下から飛び降りて庭に出た。

江上剛介は涸《か》れた池の畔に立っていた。寒九郎が近付くと、江上剛介は顎をしゃくって壊れた裏木戸を差した。

「邪魔の入らぬところに行こう」

江上剛介は後ろも見ず、すたすたと壊れた裏木戸に向かって歩き出した。寒九郎も何もいわず、江上剛介の後を追った。

九

寒九郎は江上剛介と並んで草の小道を歩いた。

目の前に隅田川がゆったりと流れている。

川の畔に田園が広がり、百姓が揺れる稲穂の海に見え隠れしていた。

「寒九郎、おぬし、それがしが憎いだろうな」

江上剛介は歩きながら、ぼそっといった。

「……許せぬ。それだけだ」

寒九郎はレラを思った。この江上剛介がレラを斬ったのか、とまだ疑いの気持ちもあった。

「寒九郎、それがし、レラ姫がおぬしの許婚とは知らずに斬った。いや、正直にいおう。レラ姫とおぬしが恋仲だという話は聞いていた。それがしが、安日皇子様を斬り、止《とど》めを刺そうとした時、レラ姫が安日皇子様とそれがしの間に飛び込んで来た。止《とど》めを止《や》めようとしたが間に合わなかった。安日皇子様を庇って身を投げたレラ姫をおれは刺していた。そして……」

江上剛介は一瞬言葉を止めた。

「刀をレラ姫の軀から引き抜いた時、レラ姫は振り向きざまに、マキリでおれを斬ろうとした。おれは無意識のまま、刀でレラ姫の胴を斬っていた。斬ろうと思って斬ったのではなかった」

江上剛介は、口許を歪めて笑った。

「こんなことをいっても、許さないだろうな」

「うむ」

寒九郎は何もいわなかった。なんといったらいいのか、分からなかった。

「おぬし、谺一刀流を復活したそうだな」

「うむ」

「おれは居合を習った。津軽の流派だ。恩師は……。いい、忘れた」

「そうか。居合か」

江上は居合を使うと告げたのだ。

「それがし、谺一刀流を見たい」

「真正谺一刀流だ。しかし、見せ物ではない」

「分かっている。居合も見せ物ではない」

江上剛介はふっと笑った。

草の径は終わろうとしていた。江上剛介の歩く歩調がゆっくりとなった。寒九郎も同じように歩調を落とした。

「昔は楽しかったな」

「嫌なこと、悲しかったことも多かった」

「そうか。……おぬしと、もっと話がしたかったな」

「それがしもだ」

江上剛介の歩みがふと止まった。江上剛介は、何かを見付けたかのように、寒九郎に背を向けた。江上剛介の手が刀の柄を握った。

江上剛介は、前を向いたまま、刀を引き抜き、後ろも見ずに、寒九郎に突き入れた。

寒九郎は、江上剛介が刀の柄に手をかけた時、突き入れて来ると察した。寒九郎は躯を回転させ、刀を引き抜き、躯の回転のまま、江上剛介の胴を撫で斬りした。

時間が止まった。

川のせせらぎが聞こえた。カワセミが川面に飛び込み、小魚を啄《ついば》んで飛び去った。

江上剛介の躯が川べりの草地にどおっと倒れた。

寒九郎は刀を下段に構え、残心した。

「寒……寒九郎、止《とど》めを……たのむ」

寒九郎は江上剛介の傍らに屈み込んだ。

「出来ぬ」

「……それがしにも、許嫁の郁恵がいる。もし、会う機会があったら、好きだったと
いってくれ」

「いえぬ」

「……レラ姫のこと、ほんとに済まぬ。おれは本気では斬らなかった。だから……」

江上剛介はこと切れた。

「死んだレラは還《かえ》らない。謝るなら、あの世でレラに謝れ」

寒九郎は江上剛介に合掌し、立ち上がった。

遠くから、由比進と大吾郎が叫びながら駆けて来るのが見えた。

寒九郎は後ろも見ずに径を戻りはじめた。

なぜか、涙が溢れて仕方がなかった。

十

雨音が聞こえた。秋の終わりを告げる時雨《しぐれ》だった。

寒九郎は、目を覚ました。枕元に蓑笠を被った名無しの権兵衛が来ているのを悟った。

「権兵衛、久しぶりだな」

「寒九郎、あいかわらず、泣き虫小僧だな」

「いうな。もう小僧ではない」

「どうやら、おぬしのお伽話、出来たようだな」

「いや、まだ出来てない。そもそも、それがしにお伽話など無用だ。考えることもない」

「あいかわらず、おとなになれない男だな。いつまでも子どもではいられないんだぞ。子どもでいると、相手を不幸にしてしまう」

「相手などいない。それがしはたった一人だ。天涯孤独の道を歩く」

権兵衛は、ははははと愉快そうに笑った。

「寒九郎、いよいよ、ほんとうに別れることになる。おぬしの物語、ぜひ、聞きたかったが」

「聞きたければ、おれの傍《そば》にいてくれればいいではないか」

「甘ったれるな。おれがいなくても、おまえは一人生きて行ける。こういった人がいる。お別れだけが人生だ、となと」

「権兵衛、行くな」

「さらばだ、寒九郎」

権兵衛の影が薄くなった。次第に暗がりに溶けて行く。

寒九郎は寝床に突っ伏した。

涙を必死に堪《こら》えた。

秋の雨が降り続けていた。もう、蟬の声もしない。替わって虫が穏やかな音を立てている。

鹿取寒九郎は、幸の方に呼ばれて、公徳寺《こうとくじ》の庵《いおり》に一人正座して待っていた。

時日《じじつ》は流れ、あれから半年が過ぎた。

幸の方は、正式に家治様の側室になった。だが、家治様が急逝され、生まれた子がお世継になる話は消えた。

家治様が急逝されると、それを待っていたかのように、松平定信が動き、田沼意次様は老中の座から引きずり下ろされた。

それに伴い、武田由比進は将軍御側衆から下ろされ、石高も減らされ、二千三百石から三百石になった。一応、武田家は安泰となったといえよう。

鹿取寒九郎は、武田家に居候《いそうろう》を続け、明徳道場の特別師範と起倒流大門道場の特別師範として、毎日を送っている。

庵につづく廊下に人の気配があった。

寒九郎は座り直して、平伏した。幸の方様が入って来るのを待った。

ここに控えているように、という声が聞こえた。供侍が来ているのだろう。

白足袋が、目の前を過ぎ、上座に止まった。

「寒九郎」

声が寒九郎の耳朶《じだ》を打った。寒九郎は思わず、顔を上げた。信じられない。夢か、と思った。

「寒九郎、どうして、そのように驚いている？」

「レラ様」

目の前に座っているのは、レラ姫だった。

「生きておられた？」

「幽霊かも知れないわよ」

「まさか」

「来て」

レラは手を差し出した。寒九郎は膝行し、レラの手を握った。やわらかで温かい手だった。生きている手だ。

「本当のレラの手だ」

寒九郎はまだ信じられなかった。まじまじとレラの顔を見た。レラは黒目勝ちの大きな眸《ひとみ》で寒九郎を見つめた。

「どうして、江上剛介に斬られたのに、生きていたのか？」

「まあ。死んだ方がよかった？」

寒九郎は思わず涙目になった。

「とんでもない。生きていてくれて、それがし、ありがたくて、誰に感謝したらいいのか」

「決まっているでしょ。アラハバキのカムイ様のおかげ」

「だが、江上剛介はたしかにレラを斬ったと申してた」

「斬られた時、これを胸に抱いていたの」

レラは懐から、真っ二つに折れた簪《かんざし》を取り出した。昔、幸から預けられた簪だった。

「この簪が刀の薙ぎ斬る勢いを少し弱めてくれたんです」

「どうして、この簪を」

「持っていたかって？　寒九郎、あなたが大事に持っていたものでしょ。お幸さんの形見として」

「はい」

「その簪をあなたは置き忘れて江戸へ行った。だから、私は寒九郎は本当に私のものだと感じたの」

「そうだったのか」

寒九郎は頭を掻いた。お幸がレラを守ってくれたのか。

「この簪のおかげで、刀の傷は深くならなかった。たくさん、血が流れて、私が気を失ったら、夢の中で、白狼が現われて、死ぬなといった。死んではいけないと」

「カムイ様だ」

「気付いたら、灘仁衛門が傍にいた。灘仁衛門は魯西亜の船の医者を連れて来ていた。医者は私のお腹の傷の治療に来てくれていた。それから、私は夷島に連れ戻され、母親に看護されながら、療養生活を送ったの」

「そうだったのか」

「半年あまり経って、ようやく元気を取り戻し、元の軀になった。その時、草間大介が夷島にやって来て、江戸であなたがたいへんな目にあっていると聞きました。でも、私にはどうにもならない。ようやく、船が来たので、草間大介や灘仁衛門と一緒に、こうして江戸に連れて来てもらった」

寒九郎は、気になることがあった。この公徳寺の庵に呼ばれたのは、幸の方からだった。

幸の方は家治の郷里に戻り、髪を下ろして尼寺に入ることになっていた。旅立つにあたり、お別れの挨拶をしたい、ということだった。それなのに、幸の方は現われず、思いがけなくもレラ姫と再会することが出来たのだ。

「どうして、私が幸の方に代わって、こちらに現われたか、ということが不思議なのでしょうね」

「うむ。どういうことなのか」

「幸の方様は、私にいいました。あなたのことは終生決して忘れない大切な思い出です、と。でも、あなたと一緒になれなかったのは運命だと諦めます、と。私は家治様の妻としてこれからも生きて行きます。これが最後のお別れです。それで、幸の方様は、私を呼び、この庵に来るようにおっしゃったのです」

「そうだったか」

「幸の方様は、私に、あなたのことお願いします、と。どうか、おふたりが、お幸せに、とおっしゃっていました」

　寒九郎は、あらためて、幸の身の上を思った。

「寒九郎、でもね。私は、幸の方様に、あなたの代わりにはならない、と申し上げましたからね。冗談じゃないけど、私は私。誰の代わりでもないって。そうしたら、幸の方は笑ってらした。そうよねえ、って。でも、レラに会ってさっぱりしたと。昔の寒九郎は、幸のもの。いまの寒九郎は、レラのものだと割り切れるって」

「レラ、それがしはものでもないぞ。勝手にやりとりされては困る」

「そう。あなたはあなた、レラはレラ、幸は幸。淋しいけど、そういうことね。死ぬ時は、誰もひとりだもの。でも、生きている間、私は大好きな寒九郎と一緒に生きて幸せになる。それでいいと思う。違う？」

「いや。その通りだ。では、いま幸はいかがいたしておるのだ？」

「いまごろは、家治様がご用意した隠れ家に行く旅の途中です」

寒九郎は幸の身を思った。幸の名前の通りに幸せになってほしい、と願うのだった。

「大丈夫。幸の方様は強い女。きっと幸せに生きていきます」

レラが寒九郎の傍に座り、肩を寄せた。寒九郎はそっとレラを抱き寄せた。芳しいレラの匂いがした。

「寒九郎様」

灘仁衛門の声がした。目を開けると、庵の出入り口に灘仁衛門が座っていた。隣に草間大介の顔もあった。

「おう。草間もいたか」

寒九郎は座り直した。レラも居住まいを正した。

「灘仁衛門、草間大介、ありがとう。こうしてレラに再会出来たのは、おぬしたちのおかげだ。心から感謝いたす」

寒九郎は二人に深々と頭を下げた。同時に心の中でお幸にも礼をいった。ふと庵の外に人の気配を感じた。

『寒九郎、おぬしの物語、どうやら、出来たようだな』

権兵衛の声が耳に聞こえた。

「ありがとう、権兵衛」

寒九郎は心の中で礼をいった。目の奥に権兵衛が蓑笠を揺らして去って行くのが見えた。

時代小説

二見時代小説文庫

秋《あき》しぐれ 北風侍《きたかぜさむらい》 寒九郎《かんくろう》8

二〇二一年 十 月二十五日 初版発行

著者 森《もり》 詠《えい》

発行所 株式会社 二見書房
〒一〇一-八四〇五
東京都千代田区神田三崎町二-一八-一一
電話 〇三-三五一五-二三一一 [営業]
〇三-三五一五-二三一三 [編集]
振替 〇〇一七〇-四-二六三九

印刷 株式会社 堀内印刷所
製本 株式会社 村上製本所

落丁・乱丁本はお取り替えいたします。定価は、カバーに表示してあります。
©E. Mori 2021, Printed in Japan.

ISBN978-4-576-21153-4
https://www.futami.co.jp/

森詠

北風侍 寒九郎 シリーズ

完結

①北風侍《さむらい》 寒九郎 津軽《つがる》宿命剣
②秘剣 枯れ葉返し
③北帰行
④北の邪宗門
⑤木霊《こだま》燃ゆ
⑥狼神《ろうしん》の森
⑦江戸の旋風《つむじかぜ》
⑧秋しぐれ

旗本武田家の門前に行き倒れがあった。まだ前髪も取れぬ侍姿の子ども。腹を空かせた薄汚い小僧は津軽藩士・鹿取真之助《かとりしんのすけ》の一子、寒九郎《かんくろう》と名乗り、叔母の早苗様にお目通りしたいという。父が切腹して果て、母も後を追ったので、津軽からひとり出てきたのだと。十万石の津軽藩で何が…？ 父母の死の真相に迫れるか!? こうして寒九郎の孤独の闘いが始まった…。

二見時代小説文庫

森詠

剣客相談人 シリーズ

完結

一万八千石の大名家を出て裏長屋で揉め事相談人をしている「殿」と爺。剣の腕と気品で謎を解く!

① 剣客相談人 長屋の殿様 文史郎
② 狐憑《つ》きの女
③ 赤い風花《かざはな》
④ 乱れ髪 残心剣
⑤ 剣鬼往来
⑥ 夜の武士《もののふ》
⑦ 笑う傀儡《くぐつ》
⑧ 七人の剣客
⑨ 必殺、十文字剣
⑩ 用心棒始末
⑪ 疾《はし》れ、影法師
⑫ 必殺迷宮剣

⑬ 賞金首始末
⑭ 秘太刀 葛の葉
⑮ 残月殺法剣
⑯ 風の剣士
⑰ 刺客見習い
⑱ 秘剣 虎の尾
⑲ 暗闇剣 白鷺
⑳ 恩讐街道
㉑ 月影に消ゆ
㉒ 陽炎《かげろう》剣秘録
㉓ 雪の別れ

二見時代小説文庫

森詠

忘れ草秘剣帖

シリーズ

完結

①進之介密命剣
②流れ星
③孤剣、舞う
④影狩り

安政二年（一八五五）五月、開港前夜の横浜村近くの浜に、瀕死の若侍を乗せた小舟が打ち上げられた。回船問屋宮田屋に運ばれたが、頭に銃創、袈裟懸けの一刀は鎖帷子まで切断していた。宮田屋の娘らの懸命な介抱で傷は癒えたが、記憶が戻らない。そして、若侍の過去にからむ不穏な事件が始まった！
開港前夜の横浜村 剣と恋と謎の刺客。大河ロマン時代小説！

二見時代小説文庫